I0654940

# ¡MALDITA SEA!

MANUEL CASTILLO MOLINA

*¡Maldita sea!*

© Manuel Castillo Molina 2016, por el texto
zakan88@gmail.com

Diseño y composición: Lara Castillo Baztán

Primera edición
España 2016
ISBN: 978-84-608-9389-9

Reservados todos los derechos. No se permite la reproducción total o parcial de esta obra, ni su incorporación a un sistema informático, ni su transmisión en cualquier forma o por cualquier medio (electrónico, mecánico, fotocopia, grabación u otros) sin autorización previa y por escrito de los titulares del copyright. La infracción de dichos derechos puede constituir un delito contra la propiedad intelectual.

## Agradecimientos

Evocando a Ángel González, para que este libro viniera al mundo, para que su ser *pese sobre el suelo, ha sido necesario un ancho espacio y un largo tiempo* y la colaboración de mucha gente. Por eso, considero deber ineludible dar las gracias a los amigos que se han brindado a prestarme sus ojos para efectuar una lectura inteligente de los distintos relatos, a medida que los iba escribiendo: a Miguel Ángel Adán; a Ignacio Lázcoz y a Rosa Egea, su esposa; a María Pilar Vallés. Muchos de los posibles aciertos que pueda contener esta obra han sido aportados por el talento y la sensibilidad crítica de estos amigos.

Gracias también a Felipe Pedraza y a Milagros Rodríguez por haber encontrado tiempo no solo para leer el texto, sino también para efectuar por propia iniciativa la corrección de pruebas.

Debo también gratitud y afecto a mis hijas Lara, que ha maquetado el texto, y a María, que se ha unido con entusiasmo al equipo de lectores críticos.

Por último, mi reconocimiento más ferviente a José Antonio Calvín, autor del prólogo, quien, tras una distancia de muchos años, ha corrido a mi ayuda cuando lo he necesitado.

*Manuel Castillo*

*A Belén, que me hace vivir cada día*

# Índice

# Prólogo

Manuel Castillo nos ha regalado una inesperada colección de relatos. Quienes lo conocemos de hace años sabemos de él que es, como alguno de sus personajes, alto como un chopo, que lucía un lustroso bigote bajo el que se camuflaba apenas una sonrisa franca y que mantenía siempre un aire deportivo infrecuente en aquellos años de atuendos más bien sombríos. Conocimos entonces una generosidad y una lealtad que transitaron luego por los años con la gracia infrecuente de mantener su naturaleza original.

Supimos también de su pasión genuina por el estudio y el uso de la lengua, de la que sabía extraer una alegría contagiosa, que proyectaba hacia cuantos lo escuchábamos. Recuerdo su alborozo al comentar los hallazgos, a veces insospechados, de sus alumnos, a quienes proponía en aquel momento trabajos de composición a partir de un texto nada fácil, *Viaje a la Alcarria*, de Camilo José Cela, algo impensable en el momento actual por la decadencia imparable de las humanidades en general y de estos estudios en particular.

Animado por una energía inagotable, Manuel ha mostrado siempre empeño en convertir en realidades consistentes sus sueños —y lo ha conseguido no pocas veces—. Uno de los relatos, "El color de la arcilla", refiere cuánto esfuerzo fue necesario y cuántas frustraciones debió superar su protagonista para mantener a flote su empresa editorial, posible trasunto de la realidad que vivió el propio autor. Como su héroe de ficción, Manuel alcanzó también su objetivo. De hecho logró publicar obras de consulta imprescindibles para quienes se acercan al panorama de nuestra literatura.

Para entender estos relatos y el momento en que aparecen es necesario leer entre líneas unos textos que apenas son capaces de cubrir la realidad, sin adjetivos, con un leve velo literario. "Párkinson" es historia llave en este sentido. Nada es necesario añadir a lo que en ella se describe. Quizás solo señalar, en su relato y en su vida, la presencia lenitiva del amor, su *Alma Venus*, su Venus nutricia, que atraviesa con sus mil figuras casi todas sus historias y que en esta, la más real, es capaz de atemperar el dolor y la ruina. La importancia de esta presencia se manifiesta en las últimas líneas de este relato:

> *¡Cómo no la voy a añorar, si me entristezco cuando está por la casa y no la veo, y le pido que cante para que pueda perseguir su voz, y no vivo si ella no está presente, y su ausencia es la muerte!*

Sin embargo, la peripecia personal del autor no añade, desde el punto de vista literario, nada fundamental a estos relatos, que se defienden perfectamente por sí mismos. El interés puntilloso por las circunstancias del *escribidor* es más bien, creemos, fruto de una perspectiva específica de nuestra época, dada al exhibicionismo del sujeto y a la consideración de que cualquier producto, especialmente cualquier objeto artístico, es un síntoma del equilibrio o el desequilibrio de quien lo produce. No nos parece un enfoque acertado. A fin de cuentas, la obra literaria, una vez liberada de la mano que la crea, cobra vida autónoma y, a partir de ese momento, son los lectores sus dueños y señores.

Cuando uno lee por primera vez estos relatos, percibe enseguida que se halla delante de unos textos que nos hablan con franqueza. No quiero decir que carezcan de aliño artístico ni de reflexión e intención en todos sus elementos, sino justamente todo lo contrario. En este caso los recursos de la lengua están conscientemente empleados en función de las exigencias de la narración. En vano intentaríamos hallar párrafos balbucientes ni estructuras entrecortadas ni puntuación caótica ni enumeraciones caprichosas ni experimentos con la estructura narrativa del relato. Predomina en todo momento un poderoso sentido de la eficacia y una tendencia hacia el equilibrio y el arquetipo que ya era notorio para cuantos tratamos a Manuel en el pasado, pues sabemos de su capacidad para transformar la descripción de cualquier anécdota cotidiana —madurada mediante el juego verbal a lo largo de los días— en molde lingüístico afortunado de valor universal.

La tendencia al arquetipo estructura claramente muchos relatos que adoptan la forma de una antítesis entre una naturaleza épica y gloriosa, y sus habitantes, insignificantes y débiles. Esta naturaleza, poderosa como la gran diosa de una antigua religión agraria, dicta su ley y determina el destino trágico de sus criaturas. El paisaje tiene una actuación moral y no es, como en los relatos románticos, una mera resonancia que amplifique los sentimientos de los protagonistas. Como un código genético intemporal, determina, para bien o para mal, el destino de los individuos. Podríamos llegar a suponer que esos destinos no son individuales, sino que sus peripecias son idénticas a otras anteriores, producto de la misma necesidad, y que las personas, niveladas por la pulsión dominante, son intercambiables como lo son los orates que el viento arremolina junto a los muros de la iglesia.

Paradójicamente, esta naturaleza inmutable, que al menos en un caso es nombrada como *Dios*, ella misma hermosa y acabada, rara vez origina situaciones humanas armoniosas, sino que inocula en sus víctimas pasiones innobles e inmoderadas, como la soberbia, la envidia o la avaricia, que pacientemente van conformando los caracteres hasta llevarlos a su destrucción.

La consecuencia del predominio de la Gran Diosa de la tierra o del destino se resuelve en una nueva paradoja: los personajes quedan anclados en un estado de irresponsabilidad moral y de ausencia de culpa, como víctimas que son de una fuerza irresistible. Este concepto viene señalado por el término *compadecimiento*, el único neologismo que se ha permitido el autor en estos relatos, y que alude a una suerte de piedad hacia las criaturas, víctimas ellas, aunque verdugos, de una pasión *cuyo aliento ahoga los pulmones, emponzoña la sangre, derrite los huesos, exprime la última lágrima del corazón y agosta la misma entraña.*

Entre los recursos que el autor utiliza para presentar esta naturaleza, además de su descripción, frecuente en el comienzo de cada relato, está el uso de los nombres propios, sonoros y nobles, además de literarios en el sentido de inventados, para nombrar las diferentes localidades que articulan la geografía y que contrastan con los nombres comunes y hasta vulgares de los personajes. La misma toponimia, presente en cada relato, crea una idea de continuidad y comunica la impresión de que estas historias forman parte de una crónica cuyos episodios, como los de Región, Macondo o Comala, podríamos situar en un mapa imaginario; impresión engañosa, pues los nombres de Alisca, Illora, San Eugenio de la Torre o Púlcrima, responden más a una idea estética o a una tendencia moral que a unas coordenadas geográficas.

La época en que transcurren estos relatos no está precisada con claridad; hay rasgos de modernidad tanto en las instituciones como en los útiles de trabajo o en los medios de transporte, pero de nuevo estos efectos del progreso ceden ante las fuerzas de la naturaleza, la física humanizada o la puramente humana, que son refractarias al cambio. La ciudad, aunque está presente a través de los viajes de algún personaje, queda reducida a poco más que un recuerdo. Los personajes viven en un mundo de relaciones reducido, que concede gran peso al entorno próximo y a la familia y que ignora el complejo tejido de relaciones propio de las grandes urbes.

Ya hemos dicho algo del lenguaje y mucho más se podría decir, pues por doquier se aprecia el trabajo de quien ha hecho del lenguaje su profesión. En las partes descriptivas predomina la enumeración, en la que a cada sustantivo corresponde al menos un adjetivo.

Estas enumeraciones componen a veces metáforas desarrolladas donde la naturaleza funge de nuevo como término de referencia:

*El bosque de nuestro odio tenía una capa de vegetación hecha de la yesca de pequeños rencores revenidos y otra de copudos, frondosos y tupidos aborrecimientos, de manera que la más diminuta centella podía provocar el incendio devastador.*

Las frases tienden a desarrollarse en periodos largos, claros y musicales, no exentos de repentina concisión:

*El tiempo, que revuelve y voltea los sucesos, y hasta los pensamientos, ha ido suavizando el macizo rugoso de la afrenta que desde entonces pesa sobre mis riñones y me ha otorgado, si no el perdón, sí una especie de compadecimiento, en algo parecido a la piedad que sentí hacia mis hermanos, porque ha acabado por mostrarme que los hombres sólo actúan con perversidad desorientados por la algarada de una pasión, y a nosotros nos enajenó la envidia, esa víbora cuyo aliento ahoga los pulmones, emponzoña la sangre, derrite los huesos, exprime la última lágrima del corazón y agosta la misma entraña. La gente se explicó las cosas cuando alguien dijo que en nuestra casa habían entrado los demonios. La gente es muy lista.*

Las coplas de aire popular que iluminan algún relato son un recurso más para caracterizar, de manera apodíctica, una creencia a la que se da valor universal y que tienen trascendencia para el desarrollo de la trama:

*Si andas cerca de Zuta,*
*pasa enseguida de largo:*
*que es un pueblo de disputas,*
*camorra, líos y engaños.*

Son doce los relatos que componen el libro. Hemos anotado el valor biográfico de dos de ellos, "El color de la arcilla" y "Párkinson". En "El color de la arcilla" se enuncia de pasada el único deseo que el autor señala como incumplido: "escribir una de esas historias". Parece claro que, al situar este empeño al lado de otros cometidos que han ocupado su vida, no le concede una importancia menor, si bien parece desprenderse del contexto que, en este caso, no lo hace por anhelo de notoriedad sino por satisfacción personal.

El relato que abre el libro, "Los bellos y turbios ojos de la muerte", tiene un carácter de tragedia rural en el que el ambiente y la naturaleza van aumentando la intensidad de una de esas pasiones telúricas, la envidia, que encuentran su hábitat perfecto en los entornos cerrados hasta hacerlos estallar en un paroxismo de crueldad. No es un tema sin antecedentes, desde el cainismo bíblico hasta A. Machado, pasando por Goya y Lorca. Estamos ante una renovación del mito de la lucha fratricida por el que, como pueblo, mostramos a lo largo de la historia una querencia enfermiza.

En "Las bellas mujeres de Serena del Mosero" se entrecruza el tema de la soberbia de los protagonistas con la cerrazón de un entorno mezquino y escrutador.

"El triunfo de la primavera" muestra cómo el amor se abre camino entre episodios de celos, aunque su triunfo no llega hasta el momento en que se transforma en definitiva nostalgia.

"Precisamente" nos presenta a un protagonista prisionero de un sofisma cuya conclusión viene enunciada por el adverbio que da título al relato y que lo mantiene en un estado de infantilidad indefensa hasta que él mismo se convierte en maestro de los secretos del silogismo deductivo.

Por cierto, el lector avisado advertirá en este relato la curiosa cita velada de la décima *Perfección* de Jorge Guillén:

> *Era la manera de que cesara todo intento de réplica, todo conato de seguir manteniendo la comunicación.* Precisamente *era el refuerzo definitivo del argumento, la cumbre del pináculo de la gloria* del redondeamiento del esplendor *del razonamiento.* Si te contestaban con un precisamente *inicial para oponerse a algún juicio tuyo, estabas irremediablemente vencido.*

El poema de Guillén comienza así:

> *Queda curvo el firmamento,*
> *compacto azul, sobre el día.*
> *Es el* redondeamiento
> del esplendor: *mediodía.*

Los relatos de Manuel contienen una floresta variada de citas y recursos literarios cuya enumeración trasciende el propósito de estas notas. Sirva como ejemplo el caso que acabo de mencionar.

"Recordad que hoy es veintiocho de marzo" es una fábula moral en la que se parodia la futilidad de algunos comportamientos de la clase política y lo caprichoso y la escasa fiabilidad del criterio fluctuante de la voluntad popular.

"Un hedor repulsivo" es de nuevo un ejemplo de cómo el protagonista, víctima de una codicia original, acabará convirtiendo su vida en una ofrenda a esta divinidad que gusta de expresarse en números.

En "Retraso del tren" vemos a un personaje que asume una identidad ajena con toda naturalidad, abandonándose a una personalidad antagónica con cierto asombro pero sin mayor resistencia. El amor es aquí, más que una pasión, una tarea cotidiana.

En "Morir habemos" nos hallamos frente a un oráculo que, con tintes góticos en su desarrollo, acaba por cumplirse de manera implacable, como si hubiera sido pronunciado por la sibila délfica.

"Maldita sea" muestra cómo la relación de una serie de acontecimientos encadenados, en sí mismos intrascendentes, acaba por arruinar la metódica y honorable vida del infeliz protagonista.

El relato final "Una hebra de perdón" cuenta, desde la oblicua perspectiva de un padre al que la terminología periodística calificaría de "superprotector", la historia de un desamor crecido a partir de una infidelidad. Pero el amor genuino de la pareja no muere del todo sino que permanece latente hasta la última línea del libro, la misma que da título al relato, en la que se intuye la reconciliación. Esta reconciliación supone una nueva formulación del tema del "compadecimiento", hilo conductor que de una u otra forma recorre estos relatos, e hilo de oro, también, que da sentido a una vida.

*José Antonio Calvín Fernández*

# Los bellos y turbios ojos de la muerte

Llevaba años tratando de no recordar. Y aquí estoy ahora, insomne, dándole vueltas a la cabeza, ante una botella de vino tinto que a mi tía Reme se le ocurrió enviarme, junto a unas latas de espárragos, para Pascua. Conoce bien mis gustos. Hay quien afirma que el mejor tinto de la región de San Eugenio de la Torre, que es como decir del mundo, es el Viña Tuerza de Serena del Mosero; otros prefieren el de Radilla, Alisca o Ignaro de Pullora; también se elogia el de Mendiguala, o de Púlcrima, o de Villerón. Me cuidaré mucho de menospreciarlos, pero para mí no hay otro, con el de Luxoria y Arcontera, como el de mi pueblo, Zuta del Mosero.

Ignoro si guardará relación con el tinto, pero se dice que en la ribera del Mosero es donde la discordia, agazapada en laderas, ribazos, cerros y hondonadas, enroscada en las piedras, asciende disimulada entre la niebla del río, en forma de ventolina que penetra por la noche en las casas y se incorpora a los sueños de los hombres.

De mi pueblo es del que reza la copla:

*Si te hallas cerca de Zuta,*
*pasa en seguida de largo:*
*que es un pueblo de disputas,*
*camorra, líos y engaños.*

23

Las personas mayores, como yo, tenemos el conocimiento cierto de que en todas partes hay buena y mala gente. Lo digo con la lógica amargura de saberme el menos indicado para defender a mi pueblo, consciente como soy de que mis hermanos y yo contribuimos a difamarlo. También yo soy merecedor de todo el desprecio e indignación que os causaron mis pobres hermanos Rufino y César, porque, de no haber sido por la mili, mis manos no habrían rehusado el cuchillo: sólo el azar me impidió compartir con ellos aquella noche de invierno tan corta de luz como ancha de hiel y de soledad.

El tiempo, que revuelve y voltea los sucesos, y hasta los pensamientos, ha ido suavizando el macizo rugoso de la afrenta que desde entonces pesa sobre mis riñones y me ha otorgado, si no el perdón, sí una especie de *compadecimiento*, en algo parecido a la piedad que sentí hacia mis hermanos, porque ha acabado por mostrarme que los hombres sólo actúan con perversidad desorientados por la algarada de una pasión, y a nosotros nos enajenó la envidia, esa víbora cuyo aliento ahoga los pulmones, emponzoña la sangre, derrite los huesos, exprime la última lágrima del corazón y agosta la misma entraña. La gente se explicó las cosas cuando alguien dijo que en nuestra casa habían entrado los demonios. La gente es muy lista. Pero yo creo que en mi casa no entró nadie, que todo pasó porque tenía que pasar. En todo caso, de entrar alguien, lo hizo Dios; mejor dicho, no necesitó hacerlo porque, por invitación de mi madre, se había instalado desde siempre. Y todos sabemos que Dios gobierna en silencio.

Quiso que Javier naciera el último, tres años después que yo y, aun siendo en nuestra casa todos altos como chopos, que creciera más que ninguno. A los dieciocho años, cuando lo matamos, a todo el mundo podía mirar hacia abajo. Tenía el pelo liso y castaño, como mi padre, mientras que el nuestro había salido a mi madre, ensortijado y pelirrojo: "Algún día van a llamar a los bomberos si os ven a los cuatro juntos", decía mi padre en son de burla. Sus ojos, que mi madre y las vecinas no acababan nunca de ensalzar, eran negros y grandes. También en eso habían salido al padre; mientras que los nuestros, de un color indefinido entre verde y pardusco, "no huelen tan bien como la mierda, pero se parecen exactamente a ella", me dijo por aquel entonces Elena, una noche de vinos en que le vomité mi lujuria.

Y quiso también Dios que, en una familia como la nuestra, en que los hombres nunca hemos sido proclives a ostentar afectos, por decoro, por dignidad, o quizás por atavismo, el pequeño se viese favorecido por la evidente inclinación de mi padre y la menos visible, sutil, de mi madre. Y aunque es cierto que él mismo se hubiese negado a admitir que su debilidad por Javier rebasaba los límites de lo justo y que sus demostraciones físicas de afecto no pasaban del beso ritual en despedidas y regresos ocasionales de más de un día, como hacía con los demás hermanos, todos los que anden por mis años o más se han de acordar del destello de orgullo que traslucía su mirada y hasta del fulgor de su piel cuando alguien elogiaba al pequeño, y no podía eludir el comentario: "Sin despreciar a ninguno, al fin y al cabo todos son hijos, pero Javier...".

La temporada del espárrago es dura. Mi madre nos despertaba poco antes del amanecer y preparaba el desayuno. Los lunes nos hacíamos el remolón. "Que se va a enfadar papá", susurraba mi madre como último recurso, hasta que oíamos bramar a mi padre:

—¡Granujas! Sois muy valientes para trasnochar, pero no para trabajar.

Los tres mayores nos íbamos levantando, mientras a Javier mi madre le servía el desayuno en la cama y, si alguno protestaba, le reconvenía: "¿No ves que es el pequeño...?"; mientras que mi padre observaba el silencio de Dios. Luego el pequeño se las arreglaba para alcanzarnos antes de salir. Pero si por casualidad mi madre se compadecía de alguno de nosotros, mi padre se encolerizaba.

—¡Gandules! Siempre en la calle hasta las tantas, como tres galgos. Y, en premio, a las señoritas les llevan el desayuno a la cama.

Una vez en el campo los mayores no dábamos una a derechas, en opinión de mi padre. Nuestros surcos no tenían la necesaria profundidad. O la necesaria anchura. "Vamos a repasarlos nosotros, pequeño". Envolvíamos deficientemente los cardos. Sembrábamos demasiado grano. O no el suficiente. Arrojábamos fuera de lugar el abono. "No se les puede dejar solos. No valen para nada. Hay que estar siempre encima de ellos".

Luego estaba la manía de mi padre de consultar todo al pequeño, como si los demás no existieran. "¿Qué te parece, Javier, habrá ya tempero para sembrar la cebada?" "¿Tú que crees, plantamos este año maíz en Cerroazul?" "¿Verdad que estos melocotoneros necesitan sulfato de cobre?" "Javier, deberíamos empezar a podar mañana, viernes, en menguante".

—Qué va, papá —intervino César en una ocasión—. Es creciente.

—Todos los viernes son menguante —aseguró Javier.

—Déjalos, hijo mío, aunque llevaran mil años en el campo no sabrían que los viernes son menguante.

Si llovía y, sobre todo, cuando nevaba, padre e hijo se juntaban al lado de la ventana a regocijarse por la promesa del fruto cierto. Pero si un inesperado granizo asolaba la cosecha, nos miraba a nosotros con hosquedad.

Por lo demás, el pequeño sabía hacerse querer. Se las ingeniaba para sacar dinero a mi madre, con el que adquirir regalos para los cumpleaños. A mis padres se les caía la baba con esos refinamientos de ciudad. A nosotros la tradicional sequedad comunicativa, que parecía no ir con Javier, nos vedaba este tipo de regocijos. Sólo hubo una excepción. Un año, Rufino obsequió a mamá, para su cumpleaños, unos pendientes. El propio Javier protestó disgustado cuando mi padre exclamó al enterarse:

—Te podías clavar en los cojones tus pendientes, maricón de mierda.

Desde la perspectiva actual, minucias de esta naturaleza me resultan tan pueriles como, sin duda, a vosotros. Por ello no os voy a abrumar con su recuento. Pero creedme si os digo que tales detalles insignificantes fueron sedimentando en nuestros estómagos un rencor grueso y afilado, con el encono de un fuego destructor.

La noche de fiestas en que, de regreso a casa desde la *Taberna de los Pasos Perdidos*, Rufino y César suscitaron el chispazo del horror, sus vísceras atravesaron el mismo océano de turbulencias que de niño había experimentado yo cuando, jugando con Javier, en los alrededores del pueblo, una súbita cólera me incendió la sangre, a consecuencia de alguna inopinada discusión, hasta el punto de que comencé a arrojarle piedras que le obligaron a buscar refugio en los sembrados, e indefenso, sin un mal ribazo en el que guarecerse, rompió a llorar cuando le pasó rozando el silbido opaco de un cantazo, mientras seguía corriendo, y entonces sentí tal abominación del mí mismo y una piedad tan transida hacia mi hermano que hubiese querido acercarme hasta él, ponerme de rodillas y suplicarle perdón; pero él desatendió mis llamadas y no se detuvo hasta llegar al regazo de la madre.

El bosque de nuestro odio tenía una capa de vegetación hecha de la yesca de pequeños rencores revenidos y otra de copudos, frondosos y tupidos aborrecimientos, de manera que la más diminuta centella podía provocar el incendio devastador.

Lo mataron el 22 de diciembre, pero hablamos por primera vez del fratricidio esa noche de fiestas. Por la tarde Javier se había puesto a bailar con Bea, la mayor de los Virgulilla, la criatura más bonita que madre alguna haya podido alumbrar. Se comentó que don Emilio, el médico, había asegurado que Bea causaba más cortes de digestión que las piscinas municipales, y había circulado también el rumor de que don Anselmo había recomendado a los padres de la muchachita tomar precauciones ante una posible violación, teniendo en cuenta que "la chica es tan hermosa que, en un pueblo como el nuestro, constituye una ocasión muy próxima de pecado", rumor que podría no ser maledicencia, ya que es bien cierto que increpó a la directora de las escuelas, doña Elvira, porque consentía que las niñas realizaran la gimnasia con pantaloncitos cortos, pues, en su opinión, constituía materia de pecado "tanto enseñar las partes como las partes adyacentes a las partes" y, como doña Elvira se mostró siempre beligerante con el clero, no desperdició cuanta ocasión le deparó en adelante la fortuna para pregonar a los cuatro vientos la ingeniosa máxima moral. De cualquier manera la pastoral previsión de don Anselmo era innecesaria. Mucho más sagaz se reveló la observación del doctor. La asidua detracción, por parte del sacerdote, del "azote de la pasión" debía de ser en él mero recurso retórico, sin duda desgastadas ya por la erosión de la edad sus armas de pelea, porque incluso quienes las conservábamos en perfecto estado de revista, y permanente disposición para el combate, quedábamos inútiles para el servicio. Cuando te cruzabas con Bea en la calle, con su largo cabello rubio que el cierzo iba arremolinando en torno a su rostro y te sonreía con esa mirada de cielo raso como una espada, más que la digestión o la propia respiración, te cortaba el flujo de la vida misma.

A nuestra edad a muchos nos falla ya la memoria, pero no os habréis olvidado de Bea y de nuestro fervor por ella. Del nuestro y del de todos los de los alrededores. Seguro que recordáis a aquel forastero que, en las fiestas anteriores a la muerte de mi hermano, estuvo bailando con ella la noche del sábado, y al que, por pura rabia, lo colgamos, a las cinco de la mañana, de un carro del encierro y, para que no pudiera apoyarse en él, le agarrábamos brazos y pies, una vez que pendía del cuello. Hubiera muerto ahorcado, a no ser porque en el último momento nos asustamos cuando vimos que sacaba la lengua y que se había quedado completamente amoratado.

En las fiestas del año en que lo matamos, mi hermano el pequeño se puso a bailar, a media tarde, con Bea. Para entonces, nadie en el pueblo dudaba ya de que pudiera ser para algún otro. César y yo pasamos el brazo por encima del hombro de Rufino y lo arrastramos hasta la *Taberna de los Pasos Perdidos*, sabedores como éramos de que no respiraba sino por ella. También yo hacía tiempo que estaba perdido, pero sin esperanza alguna en obtener la menor correspondencia. Mucho antes de que Javier hubiese siquiera pensado en ella, había adivinado que, a no tardar, Bea lo preferiría a cualquier otro. Ya cuando él tenía quince años y lo veía atravesar en bicicleta el pueblo, a la caída del sol, airoso como potro indócil, con la hermosa cabellera a merced de los caprichos del viento, asido al manillar con una mano y haciendo sonar de cuando en cuando la bocina, para dar gusto al dedo y al oído, por mero placer de vivir, y, al llegar a la plaza, sabía dar conversación a más de una decena de muchachas que lo rodeaban, a todas a un tiempo, yo pensaba en que el aire nunca podría dibujar nada en mis odiosos caracoles de cerda de jabalí agarrados al cráneo con desesperación de babosas, e incluso, a veces, por la mañana, al mirarme en el espejo, a la hora del aseo, ese rostro hecho de cuartos traseros de ternero albino rematado en unas volutas de fuego me causaba asco hasta el límite del vómito; y, desde la tajante respuesta de Elena a mi incursión erótica de bucanero sórdido, en ocasiones intentaba olerme hacia arriba, para comprobar si, en efecto, los ojos me olían a mierda.

Jamás, pues, me hice ilusiones ni hablé de mi secreto. Pero quien no se resignaba era Rufino. Aquella tarde bebimos hasta que oscureció. Cuando regresamos a la plaza, sonaba esa inacabable música de corrido que preludia el final de sesión. Todo el mundo se había colocado en la serpiente danzarina que evolucionaba zigzagueante al mandato de la voz de uno de la banda. Y nosotros tres, parados, como postes arruinados, en una esquina. Apurando los ojos, que sólo nos ofrecían contornos brumosos, vimos, navegando el bullicioso torbellino, primero a Javier e, inmediatamente detrás de él, a Bea, que lo atenazaba por la cintura con una codicia que nos heló la sangre. En una de las vueltas, al llegar a nuestra altura, Javier se detuvo a sonreírnos. Me sobresalté cuando sus amigables palabras fueron segadas por el gesto adusto de César, quien lo agarró por la solapa:

—Esa mujer no es para ti, Javier —le advirtió amenazante—. Será de Rufino. Y si no fuera de Rufino, sería mía antes que tuya.

Y como el pequeño se encogiera de hombros y pretextara vagamente que él no salía con nadie (la expli-

31

cación era ociosa: sabíamos que era cierto), mi hermano segundo le reprochó:

—¡Las tienes a todas locas, puedes escoger a cualquiera y quieres quitar la suya a tu hermano!

Lo dijo a voz en grito, con las mandíbulas tensas y la mirada desmesuradamente abierta, de manera que cuando, a los meses, se conoció el asesinato, no faltó quien aventurara que la culpable de todo había sido Bea. Ella misma me confirmó, una pesada tarde de estío, después de haberse trasladado ya a Madrid, pero mucho antes de contraer matrimonio con el arquitecto, tras 32 años de duda casamental, que por las fechas del crimen había ido advirtiendo que la gente la miraba de oblicuo, pero no había sabido exactamente desde cuándo hasta que un testigo del incidente se lo había relatado.

Esa noche planeamos su muerte. Lo haríamos los tres conjuntamente, en invierno. En octubre, sin embargo, surgió el imprevisto de mi incorporación al servicio militar, cuya fecha se había adelantado en unos meses, por no sé qué suerte de azares. En carta que obró en mi poder el 19 de diciembre, mis hermanos me comunicaban que "la ceremonia tendrá lugar el día 22 de los corrientes". El 21 les contesté con toda urgencia, por teléfono, que el permiso que había solicitado para acudir a la boda de la prima me había sido denegado, y les insté a que rogaran a los padres de la novia que pospusieran la celebración hasta haber obtenido yo el oportuno permiso.

Ellos mismos me contaron a ráfagas el resto, en la cárcel de San Eugenio de la Torre, el día de Navidad.

La noche del 22, mientras el pequeño se hallaba dormido, penetraron en su dormitorio, provistos de los cuchillos de matar los cerdos, y, en la oscuridad, le asestaron dos tajos en el cuello. Uno de los cuchillos se le quedó incrustado.

Asustados, retrocedieron. Quedaron paralizados, uno a cada lado de la puerta de la habitación, mientras observaban cómo Javier se incorporaba y avanzada tambaleante hasta la puerta de la casa, la abría, se arrancaba del cuello el cuchillo, lo arrojaba al pasillo y salía al exterior.

Entonces salieron también ellos de casa. Advirtieron despavoridos que bajaba con pasos inseguros la cuesta. Serían las doce y media. La ausencia de luna y una niebla espesa les impedía ver más allá de tres metros, de modo que lo fueron siguiendo consternados, a esa distancia, hasta que logró franquear los quince o veinte metros que median entre nuestra casa y la *Taberna de los Pasos Perdidos*.

La herida le impediría gritar. Acalorado, sin duda, por la sangre que fluía del cuello, no parecía acusar el frío helado de la noche, a pesar de que su único ropaje era el pijama con el que se había acostado. Pero antes de alcanzar la puerta del bar, se cruzó con Luis Bonifacio, quien subía la pendiente con los pasos dubitativos de la embriaguez. Hablaba las palabras entrecortadas que el vino acostumbra a dirigir a sus secretos contertulios. A la mueca que Javier le dirigió levantando los brazos y dilatando probablemente los ojos respondió, unos pasos más adelante, al encontrarse con mis hermanos:

—¡La ha cogido buena! Ya os lo podéis llevar a la cama.

Y subió comentando algo, quizás la extrañeza que le había causado advertir que Javier se hubiese excedido en la bebida por primera vez y que lo hubiera hecho hasta ese punto y, sobre todo, que el vino que salía a borbotones de su rostro, teñía su carnavalesca indumentaria y embellecía el empedrado fuese de un rojo tan brillante.

Acaso en medio de su desgracia por la trágica interpretación que de su gesto había hecho Luis Bonifacio, el pequeño redobló el ímpetu para seguir avanzando, persuadido, más que nunca, de que allí iba a encontrar auxilio, pues de él acababa de salir, sin duda, el borracho.

Cuando se encontró ante la puerta y la halló cerrada, la golpeó, quién sabe si con la última brizna de la esperanza, pero no se abrió, de modo que, apoyado con ambas manos en la puerta, César creyó advertir que el abatimiento, por encima de la herida, lo fue desplomando lentamente hasta el suelo, como un fardo sin alma, mientras sus manos marcaban con un reguero de sangre la huella de su adversidad.

En algún momento de su mortal indolencia volvió la vista atrás y encontró de frente a los hermanos, en cuyos ojos advirtió presumiblemente un río de terror, que despertó en él una piedad sin horizontes, ya que tenía la expresión de querer manifestar algo así como la violencia de su perdón, o la voluntad de abrazarlos o los deseos de sonreír, pero le habían cortado la voz y las fuerzas, y una pereza indomable parecía retenerlo apegado al suelo.

Pensaría entonces en nuestro padre; después, en nuestra madre. Siempre había sido así. De niño, a la pregunta ritual de a quién de los dos quería más, había respondido invariablemente que a su padre. Y más con el temblor del espíritu que con el ímpetu de sus piernas —más o menos así lo expresó Rufino—, se fue incorporando. El propio Rufino aseveró que los minutos más desesperantemente lentos de su existencia habían sido los angustiosos que Javier invirtió en regresar por última vez a casa.

Al llegar cerca de sus hermanos, estos fueron retrocediendo de espaldas, siguiendo con atención paralizada el ansia interminable de los pasos quebrados del pequeño hasta la puerta de la casa, rotos de abyección, agotado ya el odio, absortos en la incomprensible tenacidad de su víctima.

Fueron ellos los primeros en entrar, siempre de espaldas. Cuando Javier franqueó la puerta y se encaminó al dormitorio de nuestros padres, lo dejaron pasar, atenazados todavía por el horror. Apoyándose en la pared atravesó el corredor inagotable, hasta el otro extremo de la casa.

Sólo los gemidos de la madre y los vituperios del padre los sacaron de su sopor helado. César, cuando vio a Rufino blandir su cuchillo, volvió a empuñar el que Javier se había arrancado, y juntos se precipitaron en la habitación.

No era ya el odio, ni siquiera el miedo, lo que los había atraído. En aquel momento hubieran preferido correr eternas laderas de tortura, antes que verse obligados a contemplar una vez más al pequeño. Pero el llanto ululante de la loba materna y los alaridos amenazadores del padre constituían una llamada más poderosa que toda la purulenta repulsión del mundo, una música tediosa a cuyo hechizo era inútil sustraerse. Cuando contemplaron a la madre abrazada al último hálito del brote más tierno de su estirpe, cerraron los ojos para renovar antiguas razones olvidadas con que azuzar el odio, pero el odio estaba definitivamente muerto, por lo que, asistidos apenas por una liviana brisa de su recuerdo, dejaron caer sin convicción los cuchillos en la entraña de la madre y, sólo por la pura fuerza de la inercia, atravesaron el costado del padre, que se había aprestado a la defensa de hijo y mujer, y aún hubieron de apurar el último trago del destino, forzados a observar, clavados en la desdicha, la pálida inocencia del hermano enmarcada entre los progenitores que agonizaban con sus manos asidas, a manera de caricia, a las del hijo, mientras este ofrendaba a los hermanos la placidez de los bellos y turbios ojos de la muerte.

# Las bellas mujeres de Serena del Mosero

Cuatro kilómetros al oeste de San Eugenio de la Torre, rodeado de viñas pedregosas de las que se exprime el Viña Tuerza, se alza, empinado en una cumbre, Serena del Mosero, el pueblo de nuestra familia, adonde peregrinan cuantos varones aman la belleza, para contemplar a sus mujeres, que dejan ver, a su paso, una hermosura maciza esculpida a cincel, cuya estela huele a narcisos y hierbabuena hasta ahogar la respiración de los que tienen la dicha de verlas. Hermosas de cualquier otro rincón parecen mustias, ajadas, como si hubieran sido engendradas sin ansia, de mala gana, en comparación con el garbo innumerable y pendenciero de sus congéneres de Serena del Mosero.

Se dice que el tinto tiene algo que ver con esa extraordinaria floración de gracia y de belleza, aunque, en honor a la verdad, es preciso confesar que, al contrario que las mujeres, los hombres del lugar, excelentes degustadores del tinto, apenas logran alcanzar la media de hechura de los varones del entorno.

De mi pueblo es del que dice la copla popular:

*Para llegar a Serena*
*y ver a sus ricas hembras,*
*bien vale, ¡ay madre!, la pena*
*subir por trocha de piedras*

Y para guapa, mi hermana Julia. Por no perderme entre superlativos, morfemas excesivos y complicadas lexías —por lo demás, insuficientes en este caso para ajustar la palabra a la realidad y que incluso algún filólogo despistado tendría la tentación de considerar desviaciones hiperbólicas—, me ciño a decir que ella, a diferencia de otras, además de nacer en Serena del Mosero, ha bebido siempre en las comidas una copita de Viña Tuerza. La feliz coincidencia de ambos hechos bastaría, por sí sola, en opinión de los entendidos, para explicar y hasta legitimar su belleza.

Pero en esas vides en cuesta, que colman con deliquios de éxtasis la sed de quienes las cultivan y que forjan el cuerpo de escandalosa belleza de las mujeres, dicen que reside también la soberbia, pasión de ángeles rebeldes capaz de secar el corazón de los hombres. En toda la región de San Eugenio de la Torre se susurra que es la soberbia la que cada otoño tiñe de cárdeno oscuro los frutos de la vid y de rojo sus hojas, mientras asciende desde el valle hasta la altura en que se asienta Serena del Mosero.

En el verano de hace unos cuantos años, Juan fue uno de los muchos jóvenes que subieron a Serena del Mosero atraídos por la fama de las mujeres del pueblo. Apostado al lado de la fuente tuvo la fortuna y la osadía de ver pasar a su lado a Julia. "Verla fue como un temblor de tierra", me describiría Juan, años más tarde, ese momento. "Pensé que se acababa el mundo, mientras me desplomaba como un saco".

Por aquel entonces, poco más supe del asunto, pero con el paso del tiempo, a pesar de que este suele mezclar y enturbiar lo sucedido, he logrado hacerme una idea bastante aproximada de todo ello, en especial a raíz de mi amistad con Juan, al que por su carácter modesto y noble concedo más crédito que a Julia.

Parece ser que, al despertar, Juan se hallaba tendido en el suelo, contemplado por Julia, que sostenía en el regazo su cabeza. Una vez repuesto del asombro por la presencia de mi hermana, Juan quiso expresar unas palabras de agradecimiento, pero le fue imposible articular frases con algún sentido, pues se le trababa la lengua y solo fue capaz de balbucir extraños sonidos guturales. De pronto, para sorpresa del joven, Julia lo invitó a la casa que había sido de nuestra abuela. "Tenemos que hablar", dijo por toda explicación mientras inició el camino a la casa.

Pero Juan no estaba en condiciones de hablar. Cada vez que se decidía a hacerlo, en el breve trayecto hasta la casa, las palabras se escondían por la faringe, la laringe, los incisivos, los molares, la nariz, el paladar duro, la úvula, sin que fuera capaz de encontrarlas. Y he aquí que, por uno de esos arranques inexplicables con que suele manifestarse la timidez, al verse en el cuarto de estar, al lado del tresillo, Juan exclamó con una voz que rayaba en el grito:

—¿De qué tenemos que hablar tú y yo?

Por toda respuesta, Julia se le acercó y le besó en los labios. Animado por el giro que tomaba la conversación, Juan la abrazó con fuerza y, a partir de ese momento, participó de tal manera en el coloquio que no dejó pregunta por hacer ni respuesta que dar, hasta que se aclaró debidamente la cuestión.

Ese fue el comienzo de la relación a la que, pasado un tiempo, arruinó la soberbia.

De momento, el amor se instaló de lleno en sus almas con un fervor que todos a su alrededor consideraron exagerado. Mientras duró el verano Juan, que vivía en el fondo del valle, en Alisca, subía el camino pedregoso hacia Serena del Mosero, muchos días hasta dos veces, una antes del trabajo y otra después del mismo, con su alma en amores inflamada. Julia le correspondía de buena gana, esperándole fuera de casa, al lado de la fuente, como se habían visto la primera vez. Se les veía pasear embelesados por los caminos entre los campos o por los yermos. Tras el verano, llegó el otoño y después el invierno. Cuando comenzaron las primeras nieves, a duras penas se atrevía Juan a subir una vez al día, por la tarde, si el grosor de la capa de nieve no lo impedía. Con los hielos de enero y febrero, apenas se aventuraba a ascender los fines de semana, siguiendo el consejo de Julia: "Prefiero que subas una vez a la semana a que te mates en cualquiera de las caminatas diarias".

Así sucedían las cosas hasta que una convecina de lengua fácil, Matilde, que había conocido a Juan por estar trabajando desde hacía algunos años en Alisca, en un encuentro fortuito con Julia le hizo saber las virtudes que atesoraba Juan como amante, al decir de la crítica popular aliscense, que básicamente recogía como fuente la voz autorizada de la única muchacha de la que había estado enamorado antes, Leonor, una compañera de instituto con la que había cortado amarras hacía varios años.

Algunos de los episodios de este romance habían sido muy celebrados. Una tarde de primavera el bedel del instituto, a la hora de cerrar el centro se había visto obligado a aporrear la puerta de un servicio de alumnos y a vociferar a grito pelado para que saliera de él la pareja que, a despecho del aroma ambiente y de las apreturas, estaba manteniendo una relación tan animada que solo recurriendo a estas medidas extremadas fue el hombre capaz de interrumpirla.

Pero quizás el incidente más sonado fue el que la pareja protagonizó en la discoteca *Vals Feliz* de Alisca. En una sesión de noche, tras unas horas de música dura comenzaron de pronto a sonar los violines subrayando la voz ronca de un saxo que erizaba el cabello. Leonor y Juan se miraron y salieron a la pista de baile. Mientras danzaban, se deshacían en un torrente de caricias mutuas, cada vez más frecuentes y agresivas. Pasados unos minutos, el público de la discoteca asistió a un espectáculo singular. Uno de los vigilantes de seguridad se acercó a la pareja y asestó un golpe seco en la parte delantera del hombro de Leonor, obligándola a separarse de Juan. Y todos los asistentes pudieron ver un magnífico miembro en erección que Juan, avergonzado, introdujo a toda prisa en su jaula, como a un pájaro herido.

En pocos días de los que siguieron al primer encuentro con Matilde, Julia conoció todo el historial de proezas del pasado erótico de Juan.

Por mucho que tratara de convencerse de que eran gestas que no le concernían, pues cuando sucedieron ni siquiera se conocían todavía —por lo demás, ninguna, a su juicio, revestía maldad, sino, a lo sumo, un ligero toque de lujuria no difícil de tolerar—, Julia se empecinó en considerar que se hallaba en situación de inferioridad respecto a Juan, pues él había disfrutado de otra mujer y ella no había tenido esa oportunidad con otro hombre. "No me gusta ser segundo plato de nadie", le dijo agriamente un sábado helado, observación que abrió un paréntesis en la relación, después de un amargo intercambio de reproches.

Trascurrieron algunas semanas, que se hicieron eternas a ambos. Al cabo de ellas, Juan se acercó a Serena del Mosero un sábado, con las armas olvidadas, presto a recuperar a Julia. No le resultó difícil, pues ella tenía la misma disposición. Todo pareció volver a los inicios. Es más, ambos se mostraron de acuerdo en comenzar a afrontar los preparativos de boda.

Esta tendría lugar el sábado de la segunda semana de abril. Las cosas no comenzaron con buen pie porque, llegado ese día, el secretario del ayuntamiento había olvidado colocar con la debida antelación las proclamas en el tablón de anuncios, y a eso de las nueve de la mañana, cuando la plaza de Serena del Mosero comenzó a hervir con el paso de mujeres que la atravesaban deprisa en busca de las diversas peluquerías, el secretario se dio cuenta de su fatal olvido y, tras ponerlo en conocimiento del párroco, notificó por teléfono a las dos familias que la boda no podía celebrarse. Por más que mi padre rogó primero al secretario que fuera él quien arreglara el desaguisado, puesto que él había sido el "culpable doloso" — expresión que usó haciendo gala de sus estudios de Derecho—, del "olvido e indolencia intolerables", y lo insultó gravemente después con lenguaje grueso, no hubo forma de que el funcionario civil de la entidad local adoptase una decisión comprometida, "porque se jugaba el pan de sus hijos". Pedía perdón por su "olvido por distracción", pero para subsanar su "descuido" no podía cometer una manifiesta ilegalidad. De modo que ese mismo día quedó acordado, después de algunas tentativas de propinar al secretario municipal una "samanta de hostias", que la boda se celebraría el tercer sábado de mayo.

El sábado de la boda no pudo amanecer más raso y luminoso. Juan se levantó pronto, aspiró varias bocanadas de aire para limpiarse el cuerpo y fue a confesarse con el cura del pueblo, para cumplir un deber filial que había prometido a su madre. "Si me quieres, ve a confesarte el día de tu boda. Tienes que tener un alma limpia para ofrecerla a tu mujer". Cuando llegó a la iglesia, su madre lo estaba esperando de rodillas, en un banco situado cerca del confesionario. "Si no crees, dile a don Venancio que te acusas de no creer", le había ordenado la noche anterior, "pero confiésate".

—Ave María purísima —comenzó.

—Sin pecado concebida —murmuró don Venancio.

—Padre, me acuso de que no creo.

—Por Dios, Juan, ¿qué me dices? Te conozco desde que naciste, y a tu familia, desde siempre. ¿Cómo me puedes decir que no crees? ¡No digas tonterías! Entonces, ¿las vías de santo Tomás para probar la existencia de Dios no te dicen nada? Anda, reza un Padrenuestro y vete en paz. Ya hablaremos con tranquilidad de esto.

Por su parte, Julia se había levantado poco después del alba, nerviosa como una ardilla. Apenas había podido dormir, lacerada viva por el pensamiento de que iba a desposarse con un hombre que había estado locamente enamorado de otra mujer con la cual había mostrado un comportamiento lascivo que corría de boca en boca.

Mientras la ayudaba a vestirse, mi madre iba ensartando en un monólogo inútil elogios a Juan. *Cuánto te quiere. Ha sido capaz de subir a Serena del Mosero con los hielos, aun a riesgo de quebrarse la cabeza o romperse una pierna. Es tan delicado... Merecería haber nacido en nuestro pueblo. Podrá colaborar con papá en el bufete. Todo el mundo habla bien de él. ¡Qué suerte has tenido, hija mía!*

La boda comenzó con el avance marcial hasta el presbiterio, cada uno de los dos pretendientes asistido por su padrinazgo y séquito respectivos. A petición de Juan, a la que se había adherido Julia, la entrada tuvo lugar acompañada por los compases de la marcha triunfal del *Aida* de Verdi, y no de la *Marcha nupcial* de Mendelssohn, como había sugerido el organista.

Llegados al momento de la ceremonia de entrega de arras, el sacerdote preguntó a Juan si quería tomar como esposa a Julia.

—Sí —afirmó con decisión y potente voz Juan.

A continuación, preguntó a Julia:

—Julia, ¿quieres tomar por esposo a Juan?

A veces un simple monosílabo marca una vida o se convierte en referencia ineludible en el devenir de una comunidad. Ambas cosas sucedieron tras la respuesta de Julia. La iglesia entera, después de un prolongado silencio que a Juan se le antojó aterrador, no respiró hasta escuchar de labios de Julia:

—No.

Por imposible que parezca, la vida sigue después de cualquier cataclismo. El "no" famoso intervino en todas las conversaciones de los diversos lugares en los que se reunía la gente. Pasados unos meses, aunque se había incorporado al anecdotario básico de la comarca, había dejado de monopolizar todas las reuniones. Y al cabo de dos años, solo circulaba para agasajar a los visitantes ilustres.

Entretanto, Julia se apresuró a engrosar su conocimiento sexual con un "segundo plato". En Serena del Mosero había una sola discoteca, poco frecuentada, por cierto, pero como no había otro sitio en el que los jóvenes pudieran entablar contacto y, por otra parte, bailar era una actividad que le resultaba particularmente placentera, comenzó a frecuentar *La dulce bailonga*, primero solo los fines de semana y después, todos los días. Y como, aparte de ella misma, el único asistente asiduo a la discoteca era su pinchadiscos, pronto trabaron relación.

A decir verdad, Carlos no le atraía en exceso y, por otra parte, no resistía la comparación con Juan, por lo que se preguntaba a sí misma con cierta frecuencia qué sentido tenía sustituir a una persona adorable y querida por un tipejo vulgar que se ganaba la vida rayando discos. Pero más poderoso que su amor por Juan era un orgullo desmedido que hacía que sus reflexiones sobre este particular acabasen por regresar siempre a una identificación culinaria como segundo plato de Juan. No podía haber sido más injusto el destino.

Quizás por esto no dejó que interviniese en esta segunda relación y la planteó con frialdad, sabiendo, como ya sabía, despertar el demonio de la carne.

En efecto, una noche de otoño de luna nueva, escasa de luz y con rachas de viento, se acercó a *La dulce* vestida con minifalda y unos pocos centímetros de tacón. A mitad de camino estuvo a punto de regresar a casa, pues era consciente de que lo que iba a intentar la alejaba, por una parte, de Juan y, por otra, ponía en solfa a una persona "inocente" cuya vida podía comprometer e incluso torcer. Respiró profundamente para alejar estos pensamientos y apresuró el paso en la misma dirección.

En el antro divisó en primer lugar a Carlos, al fondo, en su cubículo de luces rojas; luego, a dos parejas que bailaban en la pista; y, una vez acostumbrados sus ojos a la semioscuridad ambiental, a otras cinco o seis sentadas en sendas mesas.

Como "lo que has de hacer hazlo pronto", se dirigió en derecho al cubículo rojo, abrió la puerta y besó en la mejilla a Carlos con un ósculo de amigos, al que Carlos correspondió con otro. Después se sentó en la mesa de montaje, cruzó las piernas y, confiando en la virtud de estas, desvió la mirada a la pista, como si hubieran comenzado a desfilar ante sus ojos las siete maravillas más grandes del universo. Quien empezó a ser consciente de que tenía ante su sorprendida vista no solo las piernas, sino la cintura, el cuello, las orejas, el cabello, los ojos, los hombros, los pies, el cuerpo completo más hermoso del universo fue Carlos. Estaba tan absorto en su mística contemplación que se hizo el silencio tras una canción, al haberse agotado la música programada, y solo procedió avergonzado a cambiarla cuando un muchacho repiqueteó con los nudillos de la mano en los cristales del cubículo, acompañando su acción con un gesto de impaciencia.

Julia había previsto recurrir esa noche al mismo beso en los labios que había despertado el talento lingüístico de Juan, en parecidas circunstancias, pero nada fue igual porque, a pesar del evidente interés que Carlos mostró en platicar, ni siquiera se dio cuenta de que Julia apenas había llegado a enhebrar un soliloquio desazonado, sordo y dirigido a una persona ausente.

Así nació una relación baldía, infecunda, que en pocos meses murió, pero que sumió a Julia en una amarga depresión y a Juan en una agónica tristeza cuando se enteró de la noticia.

Se la trasladó Irene, una compañera de trabajo. Tenía Irene el cabello y los ojos del color del azabache y en conjunto podía evocar a la gitana objeto del amor de Quasimodo, de modo que no era extraño que despertara la apasionada admiración de los hombres.

Aunque luego se arrepintió, poco después de que Julia tuviese la aventura con el pinchadiscos, Juan dejó caer, a la hora del café, que en Semana Santa —ya muy cercana— tenía intención de viajar a París. Dos cafés más tarde Irene le hizo la inesperada insinuación de que estaría encantada —siempre que a él le pareciera buena idea— de poderle acompañar al sugestivo viaje que iba a emprender.

Partieron un día de abril, apenas salido el sol. Llevaban en el maletero del coche una tienda de campaña en la que pernoctar. Aunque su intención era llegar el primer día a la ciudad de la luz, decidieron acabar la jornada en los alrededores de Nantes.

Era poco después del crepúsculo. Atravesando un camino de tierra discretamente desviado de la carretera, montaron la tienda en un campo en barbecho y se metieron cada uno en su saco de dormir. Les despertó el aliento grueso y ruidoso de lo que supusieron que era algún animal salvaje. Contuvieron el aliento sin atreverse a hacer el menor ruido. El animal resoplaba sin cesar y hubo un momento en que asestó un zarpazo a su morada y ella se abrazó a Juan. Afortunadamente la fiera se fue tras unos instantes. Era la primera vez que entraban en contacto sus cuerpos y Juan no se sentía cómodo. Por su parte, Irene abrió la cremallera de su saco, luego la de su compañero y se apretó desnuda contra el otro cuerpo. Juan se sentía inhibido, pensaba en Julia. La oscuridad de la noche le devolvía su rostro querido, sin un reproche pero lleno de amargura. Allí estaba ella, en silencio, con los ojos en lágrimas. Este recuerdo no ayudaba al buen desempeño de la tarea que había emprendido Irene y en la que él parecía estar de invitado foráneo, pero cuando ella se puso a cabalgar como experta amazona espoleando la grupa del vientre, Juan se olvidó de todo, se apoderó súbitamente de su cuerpo una oleada de voluptuosidad, y su deseo fue creciendo y creciendo hasta agotarse.

El romance persistió los siete días que duró el viaje. Esta vez fue también Matilde la agencia que difundió en persona la noticia a Julia. Y esta se prometió luchar con todas sus fuerzas para que ese íntimo dolor que sentía ahora quedara reducido en un futuro próximo tan sólo a la huella diminuta de un rasguño a flor de piel, recuerdo microscópico de una ancha pasión. Y punto.

Del mismo modo, Juan se juró arrinconar definitivamente a Julia en la amplia zona anímica donde se aloja la indiferencia, confundido con todo ese mundo de seres y objetos con los que no se cuenta.

Pero a veces el destino parece jugar con los hombres entrometiéndose en sus vidas para deteriorar sus relaciones cuando más favorables se muestran las circunstancias o, por el contrario, para arreglar los mil pedazos del espejo de un amor roto.

El día de San Esteban tiene lugar en la Plaza Mayor de San Eugenio de la Torre un mercado medieval en el que se exponen los productos macrobióticos que se obtienen en los alrededores. El año de la mutua traición, a eso de las siete de la tarde coincidieron en uno de los puestos Julia y Juan. Resulta difícil de creer, pero todos los que estaban en su cercanía pudieron observar que, de pronto, comenzaron a titilar las luces justo en el momento en que se cruzaron la mirada. Duró breves segundos y, por eso, algunos de los que observaron el fenómeno tienden a creer que se trató de una coincidencia. Otros asistentes aseguran incluso que sus ojos se intercambiaron haces de luz. Sea como fuere, se besaron cortésmente en las mejillas y tomaron algunos pinchos en las tascas montadas para la ocasión.

No hay nada que doblegue tanto las voluntades como la privación de un bien preciado que creíamos asegurado y que perdemos de pronto. Durante el período que medió entre su reencuentro y la nueva ceremonia de la boda, ambos tuvieron buen cuidado en no mentar las caídas propias ni las del otro, a pesar —o precisamente por ello— de que también los dos las conocían al detalle.

Todo había vuelto a la normalidad. Ambos parecían haber aprendido de sus errores y estaban ya en la edad de formar un hogar. Mi padre fijó como fecha de la boda el segundo sábado de octubre.

Ese día Juan se levantó de la cama ligeramente resfriado y lo primero que hizo, después de asearse, fue volver a confesarse bajo la vigilancia implacable de la madre, que de nuevo se situó de rodillas cerca del confesonario. Parece ser que no varió apenas el contenido de la confesión anterior, cumplió la penitencia y volvió a casa alegre como unas castañuelas.

Por su parte, Julia se despertó muy temprano —en algún momento de la mañana se le oyó decir que era el día más feliz de su vida— e inició, por pronto que fuera, los preparativos de la boda. Hacia las once —la boda estaba fijada para las doce—, sufrió la primera crisis de náuseas: de repente se puso a vomitar y alguna gota ensució los bellos mocasines blancos; a las once y veinte tuvo la segunda, que alcanzó a su chaqueta de punto impolutamente blanca, lo que obligó a mi madre a un trabajo forzado para reponer el color.

—Tú, tranquila; no pasa nada —le dijo.

A las doce, cogida del brazo de mi padre, entró en la iglesia parroquial y subió al presbiterio, cerca de su inminente marido.

Llegada la hora de la ceremonia, don Venancio hizo a Juan la pregunta protocolaria, a la que respondió afirmativamente. Hizo lo mismo en el caso de Julia. Esta se quedó callada unos segundos, lo que dio lugar a las más diversas interpretaciones. Tras ellos dijo con voz chillona:

—Sí.

Y ya estaba el sacerdote resumiendo el estado de la cuestión cuando, antes de que pudiera decir: "Yo os declaro marido y mujer", Julia exclamó gritando y llorando amargamente, mientras sufría una tercera crisis de vómito, a consecuencia de la cual manchó por completo el traje de novia:

—¡No, no te perdonaré nunca, nunca!

# El triunfo de la primavera

Alisca es el triunfo de la primavera. Esta comienza en la segunda o tercera semana de febrero, con la floración de los almendros y, pasados pocos días, prados y bosques se ven asaltados por corrientes de agua procedentes de las nieves invernales, que alimentan a árboles y plantas y dan vigor a todo tipo de flores, entre las que las margaritas parecen reventar del gozo de vivir.

Dicen que a las parejas que se enamoran al amparo de la primavera de Alisca ni el hombre ni la naturaleza ni el destino son capaces de arrancarles ese amor tenaz que bordea los lindes de la eternidad.

Yo era un niño cuando mi tío Alejandro, hermano de mi padre, se fue a vivir a Alisca. El hecho de que perteneciera a la familia de mi padre había limitado mi relación con él porque, como sucede en muchas familias, también en nuestra casa el trato con la rama paterna ha sido siempre más bien tibio, en comparación con el dispensado a los familiares del tronco materno. Pero cuando mi tío Alejandro ocupó una plaza como profesor de Lengua y Literatura inglesas en Alisca, mi padre, imponiéndose, quizá por única vez en la vida, a mi madre, decidió llevarme a estudiar al IES de Alisca.

El Instituto de Educación Secundaria "Padre Bartolomé de Las Casas" se halla emplazado en un extremo de Alisca. Frente a su fachada corre el río Mosero, cuyo curso riega las fértiles huertas de su entorno y recrea a cuantos recorren el camino paralelo, hacia el norte, en dirección a Púlcrima y, hacia el sur, en dirección a Luxoria. Nada comparable a ese recorrido en que se respira el aire de la flor de cerezo y el aliento del río, a la vez que se escucha el latir de la vida.

Cuando fue destinado al instituto de Alisca, Alejandro tenía veinticuatro años. "En cuanto lo vimos cruzar la puerta del aula, no pudimos reprimir un *¡Oh!* sostenido que nos salió del alma", me diría muchos años más tarde Blanca, refiriéndose al primer día de clase con él. "Seguimos gritando, se puso rojo como un tomate y, cuando lo advertimos, renovamos con más fuerza las voces, en especial, los chicos, en su envidioso deseo de que pareciese chanza lo que en nosotras era sincera admiración. Para verlo mejor, Elisa y yo nos apoyamos en la tapa levantada del pupitre, pues éramos las últimas de nuestra fila. Él se quedó de pie delante del estrado, con muestras evidentes de enfado y nos echó de clase a Elisa y a mí".

—Salgan de clase las dos señoritas de la última fila que están de pie —ordenó.

"Era la primera vez que me echaban de clase y fue también la primera en que noté en el estómago un aguijonazo que jamás antes había sentido, a medio camino entre el desagrado y la delectación, y un temblor en todo el cuerpo entre la ansiedad y la excitación".

Yo comenzaba la ESO y Blanca cursaba segundo de bachillerato. Por razones que no alcanzaba a comprender, en muchos recreos venía a mi encuentro y me preguntaba las cosas más extrañas sobre Alejandro, a las que rara vez podía responder, puesto que, por entonces, de todo lo que me preguntaba apenas sabía sino que no estaba casado y que le gustaban las pizzas.

Años más tarde me fui enterando, a ráfagas, de algunos hitos de su influjo, no porque mostrase interés por ello, sino por los vivos deseos que muchas alumnas tenían de contarme supuestas hazañas de mi tío, siempre como sujeto pasivo. Deduje, después de oír los testimonios, que consideraban que relacionarse con alguien de su familia era de alguna forma participar de su halo.

En la Semana Santa del primer curso como profesor del instituto, acompañó, junto a otras tres profesoras, a los alumnos de primero de bachillerato durante un viaje de estudios que había sido diseñado y programado por los delegados de clase y la asociación de padres. Tenía por objeto visitar varias ciudades del Sur. Él jamás hubiese consentido efectuar ese viaje, de haber sabido el errático programa oculto. Lo que en la hoja que se había distribuido a los padres era pedagogía superior —"los alumnos tendrán ocasión de visitar lo más representativo del arte de las ciudades contempladas en el viaje, para lo cual contarán con la explicación y supervisión de sus profesores"— se reducía en la realidad a la visita forzada de unos pocos a un monumento artístico, mientras los demás se quedaban en la cama hasta que eran desalojados por el servicio de habitaciones, si bien, una vez en pie, todos se mostraban encantados de aprovechar el día enhebrando las comidas con la ingestión de cañas y más cañas de cerveza hasta concluir la jornada resistiendo tenazmente en una discoteca, en pie de guerra, como soldados esforzados, hasta bien avanzada la madrugada.

Pasados algunos años, una alumna le confesó que otras dos compañeras y ella misma habían pasado una noche entera debajo de su cama. Y como Alejandro le preguntase la razón, ella respondió: "Por estar contigo".

Pero ya en el mismo grupo de Blanca, el pobre Alejandro había padecido algún que otro incidente desagradable.

En medio de una clase, hizo esta infortunada pregunta, de la que se arrepentiría nada más plantearla:

—Señorita Begoña, ¿cómo formularía usted en inglés la pregunta: "¿Quiere bailar conmigo?"

Y antes de que pudiera responder la aludida, una de las tres muchachas de Serena del Mosero, bellísima, como todas las mujeres de esa localidad, comentó por lo bajo pero lo suficientemente alto como para correr el riesgo de que lo oyera el profesor:

—Nada de bailar, directamente a la cama.

El profesor, airado, la expulsó de clase, en medio de un estridente griterío.

Aunque es proverbial la hermosura de las mujeres de Serena del Mosero, se insiste mucho menos en la soberbia que acompaña a tamaña belleza. Las tres guapas de Serena del Mosero, como se referían a ellas sus compañeros de clase, no concebían que fuera posible que un hombre no accediese a sus ruegos, si mostraban el empeño proporcionado a sus demandas. Por eso, acostumbradas al valor académico de su hermosura, no pudieron comprender cómo Alejandro las había suspendido a las tres en junio. Una a una pasaron por el departamento de Inglés y pergeñaron con sus rostros y sus cuerpos cuadros de concienzuda estética, exponiendo los mil matices entre la dulzura y las lágrimas, sin poder apiadar a "ese chulito asqueroso que se atreve a suspendernos".

Pero de quien quería hablar desde el principio es de Blanca. Habían pasado tres años desde que había concluido sus estudios en el instituto, cuando coincidió una tarde con su antiguo profesor a la entrada del *Coliseum*, el único cine de Alisca. Alejandro se sintió gratamente sorprendido por que Blanca no solo lo reconociera, sino que se dirigiese a él con una amplia sonrisa y mostrando en todo el cuerpo un aire de acogida alborozada. Todavía conservaba el cabello largo colgando por la espalda hasta la cintura, detalle en el que había reparado especialmente mientras ella escuchaba absorta sus explicaciones.

El joven profesor se sintió obligado a la galantería de pagarle la entrada, a lo que Blanca apenas ofreció resistencia. Acabada la proyección, comenzaron a caminar sin rumbo fijo, mientras hablaban, como pie forzado, de la película. Había comenzado ya el otoño, era de noche, soplaba el viento y, aunque Blanca hubiese continuado hablando con su admirado profesor un tiempo sin fin, y se daba cuenta de que Alejandro no parecía dar muestras de querer abandonar una conversación cuyo único interés parecía centrarse en las miradas y en los leves roces ocasionales, juzgó conveniente no importunar más al destino y expresó su intención de volver a casa. Se sintió trasportada al cielo cuando Alejandro le propuso acompañarla.

Una vez en la puerta de entrada, Blanca, en un arranque irracional guiado por un deseo retenido durante largos años, se acercó al antiguo profesor y, en medio de un ligero erizamiento de todo su cuerpo, le dio en los labios un beso tembloroso apenas perceptible, con una delicadeza que Alejandro guardaría en el recuerdo a lo largo de toda la vida. Le dio el beso y traspasó como una centella la puerta.

Fue por entonces cuando Blanca anotó en su *Diario* estas palabras que durante mucho tiempo yo había creído que eran de su invención y que hace algunos años he descubierto que pertenecen a la poetisa griega Safo:

*"En cuanto lo veo, la voz se me corta, la lengua se me traba, un tenue fuego corre bajo mi piel, nada veo con los ojos, los oídos me zumban, el sudor me inunda, el temblor se apodera de mí, me quedo más pálida que la mies y casi parezco muerta"*

Por plasmar con sus propias palabras la fuerza con la que el amor se apoderó también de Alejandro, nada mejor que trascribir un soneto impropio —la rima es asonante y no es la misma en los dos cuartetos— que escribió unos años más tarde:

*La edad no ha disipado el primer beso,*
*apenas una diminuta llama*
*con la que entregué para siempre el alma*
*y que incendió en eterno fuego el cuerpo.*

*A pesar de que el tiempo intransigente*
*la pasión devora con cruel rutina,*
*tras tantas horas junto a ti vividas*
*me sigue faltando el aliento al verte.*

*Al otro lado de esta travesía,*
*te esperaré tras el último viaje,*
*pensando siempre en ti y en nuestras cosas,*

*y cuando llegues por fin a mi orilla*
*resultará muy fácil divisarte*
*por ser, como siempre, la más hermosa.*

Alejandro tuvo siempre la percepción de que moriría antes que Blanca y en los tercetos trató de expresar esa premonición, fruto no de un razonamiento basado en la diferencia de edad, unos siete u ocho años, sino por un oscura premonición tal vez surgida de su propia tensión creativa

Cuando llegó la primavera, todas las gentes de Alisca y alrededores pudieron advertir que se hallaban ante un amor sin medida, intenso, romántico, desaforado, sin las restricciones que suele imponer el sentido común ni la prudencia que exige la convivencia en sociedad. No es extraño que un día, sentados en un banco situado en uno de los muchos rincones verdes de la villa, abrazados en un lazo que impedía el paso del aire, un anciano exclamara dirigiéndose a Alejandro:

—¡Exagerado! ¡Qué barbaridad!

Alejandro se incorporó para recobrar la compostura. Y como el hombre advirtiera que Blanca decía a su compañero: "No le hagas caso", dijo para que tomara nota Alejandro:

—Me parece que esta se te va a comer la tostada.

Poco después, una tarde, caído el ocaso, sentados en el coche aparcado a un lado de un camino, vieron que se les acercaba una pareja de la guardia civil montada a caballo. Uno de ellos bajó de su animal, golpeó con los nudillos de la mano en el cristal del conductor y, una vez abierta la ventanilla, pidió a Alejandro que le mostrara la documentación del vehículo, comprobada la cual preguntó:

—¿Qué hacen aquí?

A lo que, adelantándose Blanca a la contestación que pudiera dar Alejandro, respondió:

—Disfrutando de nuestra libertad ciudadana, agente.

La adoración del uno hacia el otro y el gozo de dar y recibir caricias terminaba casi siempre con la entrega sexual. Raro era el día en el que no practicaran, tomando las precauciones de rigor, esa devoción. Cada vez que iban en coche de Alisca a Luxoria, donde vivía la mejor amiga de Blanca, se detenían en un modesto pinarcillo situado en un montículo, donde liberaban su deseo. Cualquier lugar tenía su encanto para merecer celebrarlo y todo riesgo era poco comparado con la recompensa. Por supuesto hubo lugares y ocasiones que quedaron grabados en un rincón privilegiado del cerebro, como un día en el que, paseando por un camino rural, entraron a realizar el ejercicio de la vida en un sembrado y se recostaron entre surco y surco, con el sol en todo lo alto y oyendo el paso del río a unos metros.

Cuando habían trascurrido ya cinco años desde su primer beso, decidieron celebrarlo pasando en la costa un fin de semana de junio. El sábado, después de cenar en la terraza de un restaurante a pie de playa, comenzó a soplar una brisa ligeramente fría que les obligó a cobijarse en el interior. Estaba sonando una melodía apagada y triste que invitaba al ensueño. El local se hallaba casi vacío. Un camarero rubio de pelo lacio y modales de príncipe abandonado se hallaba tras la barra ofreciendo a los pocos que se acercaban a ella su sonrisa de terciopelo.

Nada hacía presagiar a la arrobada pareja que se acercaba un vendaval. Blanca pidió al camarero un combinado. El camarero se lo preparó y, a la hora de servírselo, le dirigió una sonrisa almibarada, a la que Blanca respondió con otra que a Alejandro se le antojó excesiva. Luego entablaron una conversación sobre cantantes y versiones de canciones, materia en la que Alejandro no podía participar porque nunca se había interesado por ella.

Pocos adultos con una pizca de sentido común estarían dispuestos a asegurar que ese insignificante incidente mereciera la reacción desproporcionada de una persona inteligente como mi tío. Pero en el terreno de los afectos nadie es lo bastante perspicaz, sobre todo tratándose de uno mismo.

A Blanca le sorprendió lo taciturno que Alejandro se mostró en el viaje de vuelta. Ni siquiera el chaparrón de una tormenta de granizo mereció un comentario. A preguntas de su compañera respondía en todo caso con monosílabos, hasta que Blanca, respetando el desconcertante silencio de Alejandro, dejó de emitir no solo palabras, sino ni siquiera sonido alguno. Y el beso de despedida que ella le dio antes de bajarse del coche, que se había detenido junto a la puerta de su casa, solo fue correspondido con un apresurado y solitario adiós verbal.

Pasaron diez días tras el malhadado fin de semana en la playa sin que mi tío diese señales de vida. Blanca preguntó una y otra vez a diversos alumnos a los que conocía si habían visto a Alejandro y todos le atestiguaron su presencia en el instituto, sin que pareciera mostrar señales de enfermedad o de tristeza.

Abrumada por la angustia de ignorar a qué se debía ese comportamiento tan extraño, repasó mentalmente una y otra vez lo sucedido antes del silente comportamiento de Alejandro y advirtió que la única persona, aparte de él, con la que había hablado durante el viaje había sido el camarero del restaurante.

Escribió entonces una nota que ella misma depositó en el buzón de correos de Alejandro. En ella, después de un vocativo inicial bañado en lágrimas, le decía que el único hombre al que había amado en su vida era él; que ignoraba la razón por la que no quería saber nada de ella; que la vida sin él carecía de sentido; que era tanto su dolor que no comprendía cómo podía seguir viva: ¿dónde podía estar la frontera entre su dolor y la muerte?; que la dejase, si esa era su voluntad, pero que al menos le diese una explicación de su comportamiento.

Alejandro le contestó con una breve misiva cargada de rencor, que él mismo se apresuró a depositar en el buzón de Blanca:

*Mi hasta hace poco idolatrada Blanca: Me considero analfabeto en ciencias que tu amigo el camarero domina. Vete a buscarlo. Seguro que te estará esperando.*

Apenas recibida la nota, Blanca se dirigió corriendo al domicilio de Alejandro. Era tal su agonía que dejó de escuchar el bullicio de la gente, por efecto del creciente zumbido que llenaba sus oídos. Cesó todo fluido de saliva; en un momento quedó seca su garganta. Tenía la sensación de que los pulmones habían olvidado su rutinaria función y el aire permanecía estancado en ellos. Estaba sudando. Un temblor arrancaba de los huesos y estremecía su piel y sus cabellos, al tiempo que un fuego interno abrasaba sus entrañas.

Al llegar a la casa de Alejandro, hubiese querido gritar su nombre, pero solo fue capaz de articular, entrecortada la voz, un sonido irreconocible. Respiraba con dificultad y le faltaban las fuerzas, de modo que inspiró profundamente para recuperar el aire y golpeó con toda la energía que le quedaba la puerta. Le pareció escuchar las pisadas de su amado y adivinó su figura. Entonces sus ojos dejaron de percibir los contornos, para centrarse, rígidos, en esa figura que presentía que se iba acercando velozmente a través de un largo pasillo.

Cuando estuvieron uno frente al otro, se miraron algunos segundos, al cabo de los cuales Blanca se arrojó al cuerpo de Alejandro. Sus ojos se cubrieron de lágrimas y solo acertaba a decir: "¿Cómo me has podido hacer esto, cómo me has podido hacer esto?" Por su parte, Alejandro la levantó en el aire y, al bajarla, fundió sus lágrimas con las de ella y repitió mil veces un "Perdóname" compulsivo hasta que ella le impidió con sus besos seguir hablando.

—Perdóname. Esto no volverá a repetirse. Nunca jamás volveré a dudar de ti. Nunca jamás —insistió.

A partir de entonces ambos pusieron todo su empeño no solo en limpiar el borrón con el que el incidente había manchado el cuidado cuaderno de su amor, sino que trataron con toda el alma de mejorar todavía más la caligrafía, de manera que volvieron a mostrarse más venturosos que nunca. Para ellos la vida pasaba de nuevo a ser todo promesa.

Siendo la vida un valle de lágrimas, son muy afortunadas las personas que logran en su trayectoria vital la misma proporción de dicha e infortunio, pero dicen que los dioses se sienten desafiados y aplazan para tiempo oportuno la venganza cuando se rebasa de forma desmedida ese equilibrio y se hace una inmodesta ostentación de la felicidad.

A Blanca y a Alejandro se les veía pasear por el parque cosidos de la cintura, pregonando a los cuatro vientos su dicha. Planearon realizar un viaje a Roma para agosto, puesto que Alejandro seguiría de vacaciones y Blanca podría dejar de estudiar por dos semanas sin que se resintiera demasiado la preparación de sus oposiciones, que había programado para dos años. Como Alisca carecía de una agencia de viajes solvente, la mañana esplendente del día 5 de julio, jueves, a las doce menos cuarto Alejandro se dirigió a casa de Blanca, con el fin de acercarse a San Eugenio de la Torre para asesorarse en la Agencia de viajes

*El reposo y el arte* sobre la mejor manera de viajar y alojarse en Roma, donde pensaban permanecer dos semanas.

Una vez en camino, a unos cinco kilómetros del punto de partida Blanca tomó de la guantera un CD con los *Preludios* de Liszt y se lo ofreció a su compañero para que lo introdujera en el lector. Era una obra que gustaban de escuchar ambos porque se correspondía muy bien con su estado de ánimo, apacible a ratos en los pasajes donde les parecía cruzar un bosquecillo en el que murmuraba un riachuelo y soplaba una brisa dulce, y majestuosa en otros pasajes donde se desarrollaba el *leit motif* de la pieza, en cada variación más esplendoroso y definitivo, hasta llegar al clímax en el movimiento final.

Lo último que pudieron escuchar fue el ulular de un viento que se va haciendo cada vez más poderoso y zigzagueante a medida que se acerca el fin, porque, al efectuar Alejandro una maniobra de adelantamiento, justo cuando iba a superar a un todoterreno, este salió a la parte izquierda de la carretera y golpeó al turismo lanzándolo a un terraplén y de él a un campo en barbecho. El coche dio cinco vueltas y quedó con las ruedas arriba.

Pasado un tiempo, Blanca recuperó el conocimiento. Vio que tenía sangre en el brazo izquierdo y le dolía la espalda, pero cuando preguntó a su compañero, al que apenas veía porque se había quedado en una posición que no le permitía el giro, cómo se encontraba y no obtuvo respuesta, comenzó a gritar como una posesa.

De repente se vio asida por cuatro brazos poderosos que tiraron de ella hasta sacarla del coche. "¡Alejandro, Alejandro!", repetía ella constantemente, sin hallar eco a su llamada. La colocaron en una camilla y la desplazaron hasta el interior de una ambulancia.

En la carretera, se había detenido una larga fila de vehículos. Se le acercó una señora que se presentó como médico.

—¿Qué se sabe del conductor? —preguntó con ansiedad Blanca.

—No se preocupe ahora de eso.

—¿Qué le ha pasado? —insistió ella.

—No sé —repuso la doctora—. Se lo han llevado en ambulancia al centro de salud de San Eugenio de la Torre.

Cuando inquirió con la mirada a un joven camillero y este respondió ladeando de izquierda a derecha la cabeza, se le cayó el mundo encima y, vislumbrando cómo iba a ser en adelante su vida, quiso morir. Con todo, no pudo reprimir la pregunta:

—¿Ha muerto, verdad? —susurró.

Y el camillero asintió con la cabeza.

# Precisamente

Púlcrima se halla quince kilómetros al norte de Alisca y, más o menos, al doble de distancia de Luxoria, en la misma dirección.

Dedicados tradicionalmente al cultivo del azafrán, los habitantes de Púlcrima asisten durante toda su vida al lento tránsito anual del ciclo de esta especia, a la espera de recoger su liviana cosecha, lo que tiene lugar hacia mediados de octubre. Para llevar a cabo la recolección, se levantan a diario antes de la madrugada y trabajan en este quehacer hasta que empieza a destellar la primera luz del amanecer, a fin de que no se marchiten las flores, que se recogen una a una a mano. La flor es de color violáceo y está formada por seis pétalos, tres estambres y un pistilo acabado en tres estigmas de color rojo anaranjado. El estigma, lo único valioso comercialmente de la planta, pasa por un proceso de secado en el que pierde las cuatro quintas partes de su peso, por lo que, para conseguir un kilogramo de azafrán, se necesita cosechar unas 120.000 flores.

No existe en todo el globo terráqueo quien supere la paciencia de un pulcrimés. Lo mismo que invierte su vida en completar la recolección de unos pocos kilos de azafrán, sería capaz también de esperar durante siglos el momento más oportuno para atrapar su oportunidad o ejecutar su venganza. Se dice que los nativos de Púlcrima se manejan en la vida con la taimada precaución recogida en este dicho popular:

*Paso corto, vista larga,*
*paciencia y mala intención,*
*que ya llegará ocasión.*

José y Ana Carmen se casaron en la parroquia del Salvador, de Púlcrima, un 25 de octubre, en plena recolección del azafrán. Si bien los varones de la familia de Ana Carmen consideraron que debían liberarse de la labor de recolección el día de la boda, a José no le valió ni siquiera fecha tan señalada para que su padre lo eximiera del madrugón.

—Precisamente porque te vas a casar mañana, debes madrugar y acudir al trabajo para demostrar a tu mujer que eres un hombre entero —le hizo saber—. Que vea que ni siquiera el día en que te casas dejas de cumplir con tu deber.

No hubo viaje de novios. Después de la comida de boda, la parranda se prolongó únicamente hasta las once de la noche, porque había que madrugar para seguir recogiendo el azafrán, aunque el grupo de los mejores amigos de José, y el propio José, por no enojarlos, enhebró ambas actividades.

Así comenzó el azaroso itinerario del matrimonio. Era Ana Carmen una mujer atractiva —alguien que desconociera sus orígenes no dudaría en ubicarlos en Serena del Mosero—, delgada, aunque no enjuta, y con los ojos del color azul intenso del cielo de Alisca en primavera. Desde hacía dos años trabajaba de enfermera en el Centro de Salud de Púlcrima. Su temple se veía robustecido con la virtud de la paciencia, tan necesaria para su profesión —jamás olvidaba dispensar una pastilla o el más insignificante cuidado a un paciente— y, sobre todo, para la esposa de un azafranero. También le asistía el don de la memoria, pues era capaz de retener toda ofensa, por minúscula que fuera, de modo que cuando su reciente marido se quedó con sus amigos toda la noche de boda, sin hacerle los honores que en momento tan señalado cabe esperar, Ana Carmen, habiendo archivado en su mente la ofensa, se prometió a sí misma responder debidamente al agravio, de forma que, para mostrar su determinación e imperio, adoptó como primera medida negarse a hacer el amor a lo largo de las siguientes diez noches. Recurrió a toda clase de excusas: dolor de cabeza, de brazos, de piernas, de riñones, cansancio... Por más que José la colmara de atenciones y, derretido de pasión, le susurrara palabras insinuantes y la abrazara con fuego, nada la desvió de su promesa.

—¡Maldita sea! —exclamó malhumorado la séptima noche— ¿Me vas a tener así toda la vida?

—No te conviene hacer esfuerzos extra mientras estés recogiendo el azafrán, cariño. Además me acaba de bajar la regla —fue la respuesta de Ana Carmen.

"Eso no es para mí ningún inconveniente", estuvo a punto de decir, pero en el último momento guardó un pudoroso silencio. Ella misma respiró aliviada cuando, cumplido su peculiar *decamerón*, pudo satisfacer el deseo de su marido.

Un suceso, trivial en apariencia, iba a marcar también los primeros tiempos del matrimonio. El 2 de enero se celebra en Púlcrima la fiesta de su patrón,

San Gregorio Nacianceno. Es costumbre cenar con los amigos y después salir a una ronda de copas. En uno de los bares la música sonaba muy alto y la gente bebía, gritaba y bailaba como si fuera el último día de su vida. Entre copa y copa se acercó bailando al grupo de José y Ana Carmen una prima de este, Sara, quien, poseída sin duda por la carga etílica que nublaba su mente, comenzó a insinuarse entre bromas y veras a su primo. Ante la insistencia, José creyó un deber varonil, e incluso un compromiso familiar, complacerla, de manera que, sujetándola de la cintura, la llevó de un extremo a otro del bar marcando, con gracia torera favorecida por el alcohol, los airosos pasos de *La Cumparsita*.

Como si la contingencia no le concerniera, Ana Carmen no acusó en su rostro el mínimo gesto que pudiera revelar indicio alguno de su indignación, pero lo anotó en el disco duro de su memoria, presta a utilizarlo en el momento adecuado. Pronto lo encontró. Esa misma noche, agotados por el ruido, el movimiento y el alcohol, el cansancio fue conduciendo a cada uno a su casa, también a José y Ana Carmen y, una vez allí, al pretender José rematar la madrugada, se encontró con la obstinada oposición de su mujer, quien, a juzgar por sus mohínes, daba la impresión de haber sido asaltada por las siete plagas de Egipto. La renuencia se prolongó durante nueve noches más, para completar las diez protocolarias.

Otra anécdota que jalonó el progresivo deterioro de la convivencia de la pareja tuvo lugar un sábado de julio del primer año del matrimonio. Habían decidido pasar un fin de semana a orillas del mar en una playa del Norte, pero el día anterior se presentó en el hogar Ester, que ejercía como fisioterapeuta en Villerón, a 25 kilómetros de Púlcrima, asociada al hermano de Ana Carmen, y esta se vio obligada a invitarla a la excursión playera.

Llegados al destino, se cambiaron de ropa y se dispusieron a disfrutar de las delicias del baño en el mar y de los paseos en la orilla inundados por la brisa tibia que despedían las olas. Pasaron horas entretenidos entre baño y paseo, hasta que salieron a la arena para tumbarse y tomar plácidamente el sol. Acostumbrado a la actividad, no tardó mucho José en meterse de nuevo en el mar, en el que alternaba el ejercicio de dar unas brazadas y el descanso de permanecer tumbado en el agua. De pronto, al hacer pie advirtió a su lado a Ester. No se había fijado en ella en las escasas ocasiones en que habían coincidido, pero ahora, viéndola de cerca y sin el disfraz de la ropa, le pareció una mujer atractiva. Apenas cruzaron algunas palabras de cortesía mientras cada uno mantenía su solitario esparcimiento en el mar.

José estaba lejos de imaginar que el mero hecho de haber coincidido con Ester pudiera prestarse a una interpretación dudosa. Lo cierto es que en cuanto Ester y él se sentaron al lado de Ana Carmen, esta se levantó, dijo que se encontraba mal, que probablemente había cogido una insolación y aceptó de buena gana regresar a Púlcrima cuando sus compañeros de viaje mencionaron esta posibilidad por cortesía obligada. No despegó los labios en todo el viaje de vuelta, despidió a su amiga con palabras de ocasión y se metió en la cama. Nunca se referiría en adelante a ese incidente, que se saldó con la consabida penitencia de las diez noches de abstinencia.

La convivencia se fue asentando sobre una base de rencor, que el paso del tiempo no hacía sino incrementar. Las caricias sinceras de antaño fueron sustituidas por gestos rituales que costaba esfuerzo realizar, y las noches de cada *decamerón* dejaron de ser un castigo para convertirse en una liberación.

Pasados los años, la rutina se apoderó de un hogar en el que, a la falta de caricias y de un cariño que se iba disipando poco a poco, filtrándose por las rendijas de puertas y ventanas, se añadía la ausencia de las risas y llantos de unos niños que no habían engendrado.

El azar intervino para dar un nuevo giro a la relación. Hacia la mitad de febrero, un día de nubes y viento salió de casa José para dirigirse a la Cooperativa Azafranera de Púlcrima. Cuando se hallaba ya cerca, se encontró con un amigo, Juan, con el que entró a tomar un café en un bar próximo. Estaba José sorbiendo un trago de su café cuando, elevando de la taza su mirada, vio a través de la puerta acristalada del bar a Ana Carmen, que salía de un BMW rojo, se aproximaba a la ventanilla del conductor, le besaba repetidas veces en los labios y desaparecía después a lo lejos. Juan estaba de espaldas a la puerta, por lo que no pudo advertir la escena. José sintió una puñalada en el pecho, pero no dijo nada, sino que, alegando prisa, se despidió de su amigo para ir a rumiar su dolor, completamente solo, con el alma rota, a la gran avenida bordeada de tilos que sigue el curso del río.

No esperaba José la traición, pero tampoco imaginaba que podía sentir ese pesar que le aplastaba ahora el alma, mezcla de orgullo herido, pero también —tuvo que reconocer— de afecto, en definitiva, a pesar de que hacía mucho tiempo que no se prodigaban ni siquiera esas pequeñas caricias obligadas de las que se alimenta a diario el amor.

A la hora de la comida volvió a casa, sabiendo que no tendría que encontrarse con Ana Carmen, ya que esta comía ese día fuera del malhadado hogar, pero una pesadumbre plomiza le impidió prepararse algo que llevarse a la boca, de modo que se dirigió a las afueras del pueblo, se adentró por una vereda que asciende al monte y, sin abandonarla, continuó huyendo de su dolor hasta que la noche le hizo regresar.

Tampoco cenó. Entró en casa y sin hablar se fue a la cama. No podía dormir. Cuando ella se acostó en la otra esquina, se le agolparon los lagos de acíbar que había tenido que tragar en su convivencia con la mujer que compartía su lecho, añadidos a la desalmada imagen del BMW rojo del que salía esa mujer besando a otro hombre, y tuvo que reprimirse para seguir en silencio, porque por nada del mundo hubiese consentido que ella se apercibiese del dolor que le había infligido su felonía.

Pasado algún tiempo, una noche, no sabía si en mitad del sueño o en la duermevela, oyó que Ana Carmen le decía: "*Precisamente* solo me abrazas cuando quieres hacer el amor". Al escuchar el adverbio, tuvo la seguridad de que su mujer le había engañado mucho antes de ver la escena del BMW rojo.

"*Precisamente*" era para él una palabra odiada, testigo de la mentira, la doblez o la perfidia. Siendo niño, cada vez que querían hacerle comulgar con ruedas de molino aparecía el adverbio delator:

—Por favor, no pongas habas para comer. No me gustan las habas, mamá.

—*Precisamente* ayer, en un programa de la tele, dijo un doctor que las habas son un alimento con un montón de propiedades —contestaba su madre, su hermana o su abuela.

Era la manera de que cesara todo intento de réplica, todo conato de seguir manteniendo la comunicación. *Precisamente* era el refuerzo definitivo del argumento, la cumbre del pináculo de la gloria del redondeamiento del esplendor del razonamiento. Si te contestaban con un *precisamente* inicial para oponerse a algún juicio tuyo, estabas irremediablemente vencido.

Era también el adverbio que Ana Carmen había repetido tantas veces para forzar la convicción de sus necios argumentos construidos a base de falsos silogismos, con premisas inadecuadas, que José había terminado siempre por aceptar. De modo que cuando oyó la frase, comenzaron a desfilar por su sueño las infidelidades de Ana Carmen.

Se vio en el cuarto de baño frente al espejo, contemplando cómo se pintaba la cara.

—No sé por qué te pintas tanto, si estás mucho mejor al natural ¿O le gustas así a tus admiradores? —le había bromeado José.

—*Precisamente* no me gusta pintarme.

"Seguro que salía ya con el del BMW", pensó José. "Esta no utiliza jamás *precisamente* si no es para mentir".

Había comenzado a repetir el adverbio hacía unos diez o doce años, cuando fue evidente para José el desagrado que causaban en ella sus acercamientos nocturnos, que rechazaba con las excusas más variadas, debidas antes al rencor y ahora, a la falta absoluta de amor.

A pesar de la cobarde hipocresía de andar con otro hombre sin hacérselo saber a su marido, José no ideó reacción alguna contra ella sino cuando los signos de desamor se hicieron tan evidentes que clamaban venganza. De hecho, hubiese preferido abandonar la casa y marcharse lejos para no pasar por la vergüenza de saber que las correrías de su mujer figuraban en todas las murmuraciones de las comadres del barrio, ocupadas en sus ratos libres en tejer con caritativa urdimbre la casuística más escabrosa de la vecindad.

—Esto no se va a quedar así —se dijo una vez despierto.

¿Quién sería el tipo del BMW? Desde la puerta del bar apenas había podido ver el lado izquierdo de su rostro. Los dos únicos elementos que conocía con seguridad de la escena que había contemplado eran el color rojo del BMW y a Ana Carmen.

Recordó, de pronto, que conocía a un guardia civil a cuyo hijo había contratado algún año para recoger azafrán. Le llamó por teléfono y quedaron citados justamente en el mismo bar desde el que había conocido su deshonra.

—Se llama Matías Zafra. Es representante de unas bodegas. Mal individuo. Aléjese de él —se permitió aconsejar el guardia— y de su mujer, la suya propia —añadió señalando a José.

Y observando la mueca de extrañeza que José mostraba en su semblante, le dio una explicación con ribetes machistas:

—Cuando una mujer se encapricha de un hombre, no hay fuerza capaz de separarla de él. No le acarreará sino disgustos. Siento decirle esto, pero esa es mi modesta opinión.

A punto de despedirse, añadió todavía:

—De todas formas, los amores de personajes como este no duran mucho. En cuanto tropiezan con otra mujer más joven o más guapa, a ella que se van derechos y olvidan a la anterior.

Poco tiempo después de que la vida le mostrara la imagen más diáfana de su desdicha, a José se le ocurrió dar una vuelta por los bares solo, como acostumbraba a hacer antaño todos los sábados en compañía de sus amigos. Estaba a punto de marcharse asqueado a casa, pues no se había encontrado con nadie conocido, cuando advirtió la presencia, a pocos metros de él, de Ester, la compañera de Ana Carmen, que estaba, sola también, bebiendo lo que le pareció un mosto.

Se sorprendió a sí mismo salvando la distancia que lo separaba de ella, sin pensarlo dos veces. En cuanto Ester lo reconoció, se aprestó de inmediato a intercambiar un beso en cada mejilla. En otra tasca tomaron varias tapas y se dieron por cenados. Acabaron la noche en la discoteca, donde bailaron, bebieron y se sentaron, sin apenas hablar, hasta su cierre. Finalmente sus cuerpos se encaminaron adonde les quiso llevar el alma, a un apartotel a las afueras, convertido en el refugio de dos solitarios que habían pasado largo tiempo prisioneros de un destino arisco sin una mala brizna de dicha con la que templar sus vidas.

En medio de la agitación nocturna, José tuvo tiempo de pensar en Ana Carmen, y, a pesar del odio, fue incapaz de hacerlo sin ternura, presintiendo, como le había dicho el guardia civil, que tarde o temprano sería abandonada por el desconsiderado bodeguero.

Cuando Ester se levantó para preparar el desayuno, José comenzó a incorporarse para ayudarle. Ella le empujó dulcemente en el hombro:

—Quédate, cariño —le dijo con una ternura que le hirió la epidermis—, quédate y duerme un poco más, hasta que te abandone el sueño, que tienes derecho a olvidar todo lo que has pasado con esa mujer que Dios quiera que los demonios se lleven pronto al infierno.

José le sonrió. Hacía tanto tiempo que no le trataban con ternura que hubo de remontarse a la niñez y a su madre para hallar en su recuerdo un afecto tan limpio.

Ana Carmen y José continuaron viviendo en la misma casa, si bien en habitaciones diferentes porque, aunque este no había comentado a su mujer la escena que había presenciado al otro lado de la puerta del bar, ambos parecían haber tomado el acuerdo tácito de no mantener entre sí otra relación que compartir la morada, de modo que llevaban una vida totalmente independiente, sin sentirse obligados a dar explicaciones sobre dónde comían, con quién se relacionaban o dónde dormían cuando no lo hacían en casa. Ni un comentario, ni una sonrisa, ni una mirada.

Hasta que un día, al volver a casa y entrar en su habitación, José comenzó a oír sollozos provenientes de la habitación de al lado. Enseguida pensó en las palabras del guardia civil. "Seguramente esto tiene que ver con el bodeguero", pensó, pero ni siquiera se le pasó por la cabeza entrar en la otra habitación. Varias veces se despertó por la noche y continuaban oyéndose los sollozos, sin que excitaran su piedad.

Para entonces todo el mundo estaba enterado de la relación clandestina que mantenía Ana Carmen, de modo que, pocos días después de los sollozos, las comadres fueron transmitiendo de boca en boca una información tan completa que intercambiaron detalles que ni los propios interesados conocían. En un encuentro casual con Juan, este le reprochó que se hubiera tenido que enterar por otras personas de que estaba roto su matrimonio. Cuando José le explicó su peculiar convivencia con Ana Carmen y que desconocía cómo se había interrumpido el romance de esta con el bodeguero, su amigo le hizo sabedor de cuanto circulaba al respecto en las tertulias de bar y en los hogares, a la hora de sentarse a la mesa todos sus miembros.

Habían ido a pasar la tarde a San Eugenio de la Torre y, después de tomar unas tapas, a manera de cena, habían entrado al cine cuando la película había ya comenzado. Una vez sentados, la mujer que ocupaba la butaca a la derecha del bodeguero profirió un grito al advertir la presencia de este y, siempre vociferando, exclamó:

—¡Cómo te atreves a sentarte a mi lado, cabrón de mierda!

Se produjo tal escándalo en la sala que el acomodador se vio obligado a encender las luces, mientras seguía proyectándose la película.

—¡Muérete, cabrito! —prosiguió la mujer— ¡Ah, tonta! —dijo aludiendo a Ana Carmen—, antes de lo que te piensas te habrá hecho un hijo y te abandonará por otra.

No pudo decir más, porque había llegado a su altura el acomodador, que obligó a salir de la sala a la mujer. Para entonces, ya el bodeguero había cogido de la mano a Ana Carmen y la había arrastrado a la calle.

Las alegres comadres de Púlcrima contaban, pisándose la palabra, que tenía hijos en todos los pueblos de los alrededores; que incluso algunos niños de familias señaladas eran la viva estampa del bodeguero; o que en Luxoria había un niño que llevaba marcada en la mejilla una mancha rojiza de color idéntico al del vino que pregonaba el bodeguero.

José hubiese deseado trasladar todas sus cosas a casa de Ester y vivir juntos. Si no lo hacía, no era por la incomodidad que supondría desplazarse a diario 50 kilómetros. Solo le retenía en su domicilio el temor a perder su parte de la casa —siendo el único bien que poseía—, porque una cláusula de la ayuda oficial recibida al formalizar la compra obligaba a que fuera la vivienda habitual de los compradores y presumía que su mujer no dudaría en ingeniar lo imposible para convertirse en propietaria única, si tenía la oportunidad. En todo caso, no se atrevía a tomar la decisión de efectuar el cambio sin consultar el caso con un abogado.

Por lo demás, a medida que pasaban los días, José iba confirmando la impresión que le había producido Ester el día de su encuentro. Era una persona equilibrada, amable, enormemente dotada para la convivencia, con la que era un placer pasear sin prisa por cualquier camino, desayunar, comer, merendar y cenar juntos; y disfrutar de su cuerpo sin observar abstenciones o cumplir penitencias.

Lo más imprevisible fue que Ana Carmen, tras tantos años de ignorar a su marido, quisiera de repente revivir una pasión que ella había definitivamente matado. Una vez más el amor, o algo parecido a este sentimiento, suprimía todos los filtros de la clarividencia y, de la misma manera que José había sido el último en conocer la infidelidad de su mujer, ahora Ana Carmen ni siquiera se había enterado de la nueva relación de su marido con alguien cuya identidad conocía.

Comenzó por prepararle el desayuno, aunque José ni lo tomó ni lo agradeció. Prosiguió por evocar momentos vividos en común:

—¿No recuerdas cuántas veces hemos hecho el amor? —tuvo el desacierto de evocar.

"Sí", pensó José, "sobre todo con el *decamerón* de por medio".

Por último, acabó por presentarse más de una vez en la habitación de José, cuando lo oía entrar por la noche, mostrando sus celebradas virtudes físicas, para ofrecerle lo mismo un refrigerio que una pócima anunciada en televisión, que un vaso de leche.

—Aunque me ofrecieras el cielo —se atrevió a decirle un día—, no volvería a amarte.

—*Precisamente* eso es lo que venía a ofrecerte —e hizo el gesto de quitarse su escaso aliño indumentario para mostrarse desnuda.

—*Precisamente* ese cielo —dijo José silabeando marcadamente el adverbio— no me seduce en absoluto.

Cuanto más insistía Ana Carmen en sus melifluas tentaciones, con mayor precisión delimitaba él su recuerdo de la frialdad con que le había traicionado y más avivaba su ardor de venganza.

El 5 de febrero se celebra la festividad de Santa Águeda, patrona de los enfermeros. Ese día, el personal sanitario del Centro de Salud de Púlcrima festeja a la santa con una cena a la que asiste el equipo del centro, así como familiares y amigos. Tiene lugar en el restaurante *El azafrán*. Acabada la cena, una reducida banda interpreta piezas populares para que los asistentes que lo deseen bailen hasta el amanecer. Se habilita en la sala de baile una barra en la que se expenden bebidas.

Esa noche a José no le resultó excesivamente difícil conseguir que Ana Carmen le invitase a acompañarla a la fiesta. Una vez en el restaurante, se sentaron a la mesa uno al lado del otro. Se diría que, como el Ave Fénix, el matrimonio había resucitado de sus cenizas, pues los dos sonreían a diestro y siniestro a cuantos tenían el gusto de mirarles. Durante la comida daba la impresión de que José permitía gustosamente que su compañera le sirviese con devoción la bebida —probablemente se trataba del vino que anunciaba el bodeguero—, cada vez que agotaba la copa.

Terminada la cena, llegó la hora del baile. La banda inició su intervención, como todos los años, interpretando piezas de moda de su repertorio. Al cabo de media hora, cuando comenzaron a oírse los airosos compases de *La Cumparsita*, Ana Carmen se dirigió a José:

—¿Quieres bailar? —y le cogió de la mano en ademán de salir a la pista.

José se la retiró.

—*Precisamente* esta pieza, igual que mi vida entera, la tengo reservada para alguien a quien tú conoces.

Y desplazándose unos pasos, enlazó el talle de Ester.

Recordad que hoy es veintiocho de marzo

Ignaro de Pullora está situado en la ladera de un monte, quince kilómetros al oeste de Serena del Mosero. Como es bien sabido, el territorio comprendido entre estas dos poblaciones es el que ofrece la máxima densidad demográfica de políticos de todo el mundo. Los politólogos atribuyen esta mesiánica vocación de sus habitantes al fervor patriótico que han sabido inculcar en sus alumnos los maestros de Infantil y Primaria de ambas localidades, aunque podría tratarse de un efecto derivado de la alimentación, según la hipótesis que formularon hace pocos años dos médicos, un reputado neurólogo y un solvente digestólogo, quienes aventuraron que podía deberse a la ingestión de los frutos del escaramujo, con los que en ambas localidades se mezcla el arroz y la sangre de los cerdos para hacer unas morcillas que comen con verdadera fruición los habitantes, no siempre con la debida moderación, en los gélidos días de invierno. Al parecer, siempre en opinión de los especialistas en la cuestión, los tapaculos contienen una sustancia que refuerza las neuronas regidoras del ansia de poder, la vanidad y el olvido, aunque ingeridos en grandes cantidades, pueden provocar una torpeza en movimientos y en toma de decisiones parecida a la que ocasiona el párkinson.

El viajero que se desplace de Serena del Mosero a Ignaro de Pullora se asombrará de ver, al lado izquierdo de la carretera, un bosque de pinos justamente hasta donde termina el límite geográfico del pueblo, mientras que, a partir de ese punto, a eso de la mitad de recorrido, cuando comienza el territorio de Ignaro de Pullora, el bosque de pinos se ve sustituido por dos cintas de vegetación paralelas: una en la parte alta de la ladera del monte, con un bosque de encinas verde todo el año, perfectamente diseñado, como un jardín casi versallesco, y otra, en la parte baja, lindante con la carretera, donde coexisten en primavera y verano las flores blancas y rosáceas de los escaramujos y, en otoño e invierno, el rojo de sus frutos, los tapaculos.

La distinta disposición de la vegetación en la parte izquierda de la carretera, según se esté atravesando el término de Serena del Mosero o el de Ignaro, es consecuencia del incendio de un bosque de carrascas que tuvo lugar hace años. Aunque nunca se ha esclarecido el origen de la chispa inicial, Tomás, el alcalde de Serena del Mosero, no dudó en acusar, si no de manera oficial, sí en tertulias de bar, bajo el influjo de vapores etílicos, a José, un pastor de Ignaro de Pullora que mantenía siempre un puro encendido en la boca mientras cuidaba el ganado. Cuando este se enteró de que el alcalde de Serena del Mosero andaba contando la especie de que él era el pirómano, una tarde se presentó en el *Pretérito Pluscuamperfecto* de Serena del Mosero y, tras ingerir una copa de aguardiente, se sumó al corrillo que rodeaba al alcalde.

—Mira, Tomás —le espetó—. Me han contado que andas largando por ahí que yo fui el pirómano. No tendrás lo que tiene que tener un hombre para decir eso ahora en mi presencia.

—Yo tengo —repuso el alcalde de Serena del Mosero— lo que hay que tener y más. Pero nunca he dicho semejante cosa. Lo que yo dije en su día es que el monte comenzó probablemente a arder a consecuencia de alguna colilla arrojada al suelo por alguien de Ignaro, porque parece ser que el fuego comenzó en vuestro término.

Y no se sabe si por completar el perfil de su poderío genital, por complacer a sus convecinos de tertulia o por ambas cosas, añadió unas palabras que, a no tardar, lamentaría haber pronunciado:

—Lo que sí afirmo es que la repoblación de lo quemado en el término municipal de Serena del Mosero será modélica y un ejemplo para los *ignarantes* del partido que gobierna a tu pueblo.

—Eso habrá que verlo —zanjó el pastor.

Había dado ya la espalda al grupo y se disponía a salir cuando, girando medio cuerpo, lanzó al tendido una enigmática advertencia, que nadie ha logrado todavía descifrar:

—Recordad que hoy es 28 de marzo.

Bartolomé, el alcalde de Ignaro, se quedó de una pieza cuando le comentaron la fanfarronada de su colega de Serena del Mosero aderezada con el ingenioso insulto a sus convecinos. Ordenó al secretario de la corporación que convocase a la Junta de Gobierno, toda ella de su propio partido, a excepción de Pedro, correligionario de Tomás, el alcalde de Serena del Mosero, y paloma mensajera del mismo.

—Os he convocado —comenzó— para conocer vuestra opinión acerca de un asunto que va a tener especial relevancia en el devenir de nuestro pueblo...

— Dilo de una vez. Te pierdes en palabras. Al grano, que algunos trabajamos y tenemos prisa —le espetó Joaquín, un edil carpintero.

— Sí, voy a tratar de exponer con la mayor brevedad el tema que nos ocupa, para no haceros perder vuestro precioso tiempo…

Joaquín se subía por las paredes:

— ¿Quieres ir al grano, por favor? Al menos yo tengo mucho trabajo y no estoy para mojigangas. ¿Cómo se te ocurre hablar a los amigos como hablas al pueblo y a la oposición?

— En resumen —prosiguió Bartolomé—, me ha sido trasmitido por un ciudadano de nuestra localidad que Tomás, el alcalde de Serena del Mosero, dijo ayer en el *Pretérito Pluscuamperfecto* que la repoblación forestal del monte quemado en su término iba a servir de modelo para la nuestra; concretamente, en sus propias palabras, para los *ignarantes* —¡tendrá mala leche el tío!— del partido que gobierna a nuestro pueblo. Y por eso os he convocado, porque estimo que sería conveniente nombrar una comisión para estudiar la mejor manera de repoblar nuestra parte de monte, y hacer que Tomás tenga que tragarse sus palabras.

Se constituyó, pues, una comisión integrada por el concejal de Medio Ambiente, que actuaría de presidente, el aparejador municipal, en calidad de técnico en la materia, y el concejal de Otros Asuntos, ya de antiguo habituado a cerrar comisiones, como secretario. La comisión no tendría remuneración económica, aunque sí se le prestó un portátil en el que poder guardar sus anotaciones e imágenes.

Lo primero que había que hacer, sugirió el presidente, era informarse de cómo actuar. Sus otros dos compañeros de comisión sonrieron con disimulo sabiendo que lo más cerca que había estado su presidente de adquirir algún conocimiento sobre el medio ambiente había sido en la catequesis, a propósito de la ballena de Jonás. Por su parte, el aparejador quiso aclarar que sus estudios de arquitectura técnica estaban relacionados con mediciones y cálculos de estructuras; falto de afición por el medio ambiente, tampoco se le había ocurrido hacer un máster sobre el tema y, por supuesto, no había plantado en su vida un árbol ni había visto plantarlo.

El único que creía tener alguna noción sobre el trabajo que debía realizar era el concejal de Otros Asuntos, porque llevaba dos legislaturas efectuando la misma función y recordaba alguna de las obligaciones de un secretario de comisión, en especial la de redactar el acta final, detallando claramente las conclusiones. Por otro lado, hacía unos años que, por veleidades del azar, había tenido que escuchar una conferencia pronunciada por un alto cargo del Estado a la que no pudo asistir el máximo dirigente del partido en la provincia, por lo que había delegado en él, un modesto carnicero de Ignaro de Pullora que, por razones tan extrañas como increíbles, estaba en el lugar y el momento oportunos.

Mientras el conferenciante, antiguo catedrático de Filología Románica, desarrollaba su exposición en la sala de usos múltiples del partido en la capital, un bedel iba repartiendo un vademécum esclarecedor, preparado en instancias cercanas al ministerio de Comunicación, con las notas de la conferencia más aplicables al uso diario, a fin de que quedara a los asistentes constancia exacta de cómo el militante del POP (Partido del Orgullo Popular) tenía que referirse lingüísticamente, en forma y contenido, a la oposición, según que el público asistente al mitin perteneciera a una de estas tres categorías de personas, claramente definidas:

1) jerarcas de cualquier partido;

2) ciudadanos con cierto grado de preparación académica;

3) pueblo en general (aquí se incluía al oyente televisivo).

En realidad, el vademécum no se ocupaba de desarrollar lo referente a las dos primeras categorías, reservadas a los cuadros dirigentes del partido, pero precisaba con todo lujo de detalles lo relativo a la categoría 3). En resumen, lo que nunca debía olvidar todo mitinero del POP, cuando tuviera que dirigir su alocución a una audiencia del tipo 3) era lo siguiente:

a) referirse cada cierto intervalo (hasta 3 veces en media hora) a algún escándalo de corrupción en el que hubiera intervenido un líder del PDD (Partido del

Decoro y de la Dignidad) que habitara cerca del lugar en el que se estuviera hablando;

b) emplear de una a tres veces la palabra *fascista* relacionada con alguna acción del PDD como partido o algún militante del mismo;

c) dejar siempre muy claro el siguiente axioma:

*El POP es el representante auténtico del pueblo, de la democracia, del avance social* (en este orden y alzando progresivamente la voz), *mientras que el PDD representa intereses espurios, es antidemocrático y es retrógrado.*

Aunque el concejal de Otros Asuntos no sabía a ciencia cierta cómo emplear los conocimientos atesorados en la exposición del catedrático de Filología Románica, tenía la convicción de que debería insertarlos de manera plausible en el escrito de conclusiones.

Por su parte, un Tomás arrepentido de haber hablado más de la cuenta en la breve conversación con José se vio en la necesidad de no quedar mal ante su pueblo —sabía muy bien que esa misma tarde conocería su bravata todo el mundo— y solventar de la mejor manera el envite. ¡Quién le habría mandado a él meterse en semejante fregado de una manera tan absurda! Y más, teniendo en cuenta que las arcas municipales estaban vacías por la reciente remodelación de las calles.

Su primer pensamiento fue constituir una comisión *ad hoc*, pero renunció enseguida a ello porque había manifestado siempre que las comisiones eran inoperantes y que sólo servían para dejar transcurrir el tiempo sin dar solución a los problemas. ¡Cómo se reirían de él si ahora montaba una comisión para una cuestión tan banal!

Recurrió, pues, al secretario, hombre de buen sentido común, aunque de celebrados despistes, como haberse olvidado de anunciar en el tablón de anuncios del ayuntamiento, con la suficiente antelación, la inminente boda de la famosa pareja que, habiendo decidido casarse en dos ocasiones, en ambas la novia se había negado a hacerlo en el momento crucial de la ceremonia.

El secretario entendió enseguida el caso y se mostró dispuesto a llevar a cabo la tarea, siempre desde un punto de vista técnico, porque su probidad personal le prohibía introducir matices políticos. De modo que, sin delimitar expresamente sus respectivas tareas, ambos entendieron que al secretario le atañía la definición del tipo de vegetación con el que iba a repoblarse el monte quemado y al alcalde le concernía complementar el producto técnico con los adornos de tipo político.

El informe del secretario quedó listo en unas horas, después de haberse informado por medio de un amigo biólogo y de haber consultado en Internet los términos de comprensión dudosa.

Lo aconsejable sería dejar la repoblación en manos de la propia naturaleza, sin intervención alguna por parte del hombre pero, dado que el consistorio estimaba necesario cubrir el bosque con un tejido vegetal, probablemente la solución más rápida, y más económica —cuestión que no carecía de importancia, teniendo en cuenta que las arcas de la entidad estaban vacías y se preveían fuertes gastos para el futuro—, consistía en efectuar la repoblación del bosque con la variedad denominada *pinus insignis*, o *pinus radiata*, que permitía un ciclo de recolección de madera, de 25 a 30 años, relativamente corto teniendo en cuenta que se trataba de árboles. Con ello se cubría noblemente la parte ornamental y se obtenía algún beneficio económico.

De modo que la primera fase del estudio de la repoblación forestal del término de Serena del Mosero se cerró pocos días después de ser acometida por un eficaz, aunque algo distraído, secretario de la localidad, a falta de unos toques de ingenio político cuya ejecución se había atribuido desde el primer momento el alcalde.

Mucho más laboriosa fue la atribución de funciones, la toma de decisiones y el proceso de redacción de la primera fase en el caso de Ignaro de Pullora.

Parece ser que una de las principales reglas de la eficacia de un grupo es dotarlo de un líder solvente. Como el concejal de Medio Ambiente no parecía cubrir las expectativas que sugería su denominación y el de Otros Asuntos, aparte de su conocida afición a redactar escritos, nunca consideraba tener competencia en ningún *asunto* actual, sino en *otros* diferentes —como acostumbraba a burlarse José, el pastor—, se impuso como jefe ejecutivo del grupo el aparejador, no solamente sin la menor objeción, sino con el consentimiento agradecido de tan cualificados operarios.

Estando sumido el ayuntamiento de Ignaro de Pullora en un proceso de modificación del catastro que exigía la dedicación casi exclusiva del aparejador municipal, tardó unos meses en poder ocuparse de la repoblación y lo hizo cuando en el sector de Serena del Mosero estaba la plantación bastante adelantada.

El presidente *de facto* de la comisión tenía un amigo del que había sido compañero de colegio desde la niñez hasta finalizar la ESO, a la sazón profesor de la Escuela de Bellas Artes y pintor de cuadros abstractos, los cuales parecían al aparejador una mancha magistral de colorido. Pensó que, a poco que conociera la naturaleza, sería quien mejor podría combinar el colorido vegetativo que debiera mostrar la superficie objeto de repoblación; tendría que pintar un cuadro vegetal, es decir, en lugar de pintar con pinceles, hacerlo con el colorido de las plantas adecuadas. Tras ponerse en contacto con él, haciéndose el encontradizo una tarde, después de comer, en el bar *Los faroles*, donde tomaba café y jugaba al mus el esteta, este se comprometió a presentarle un boceto en el que plasmaría visualmente la repoblación requerida.

Lo que llevaba el camino de terminar en una anécdota pintoresca más de la rivalidad política municipal entre dos pueblos colindantes acabó cobrando una repercusión nacional e incluso internacional, a consecuencia de la inesperada irrupción de las elecciones autonómicas y municipales. Por razones que todavía hoy son un enigma —sin duda, por la conveniencia para el partido en el poder—, el Gobierno había anunciado aquella misma mañana que las convocaba para el treinta de junio, es decir, para tres meses más tarde.

Si los aparatos de todos los partidos políticos del país entraron en ebullición, sorprendidos por la imprevisibilidad de la noticia, la zona de Ignaro y Serena del Mosero quedó bajo los vómitos de un volcán y los estertores de un terremoto a la vez. Desde hacía mucho tiempo se sabía que lo que se votaba en ambos pueblos reflejaba exactamente los resultados nacionales, de modo que, al día siguiente de aparecer la noticia, la plana mayor de los dos partidos principales, uno favorecedor del Orgullo Popular, el POP, y otro partidario del Decoro y la Dignidad, el PDD, se había trasladado a Ignaro de Pullora y a Serena del Mosero respectivamente.

Ese día la noticia más comentada en los medios de comunicación locales y nacionales fue la breve interpelación de un pastor de Ignaro de Pullora al alcalde de Serena del Mosero y la grosera contestación de este. En el desarrollo de la noticia se mencionaba precisamente, una vez más, que las encuestas realizadas a uno y otro pueblo eran predictoras de los resultados reales.

Según el Cuartel General del POP, hasta el momento el alcalde de Ignaro había hecho bien las cosas. Cumpliendo al pie de la letra el vademécum que manejaba la comisión, era posible disponer de un argumentario básico con el que atacar con contundencia al adversario y salir de cualquier situación desesperada.

Teniendo a mano el vademécum, el concejal de Otros Asuntos fue capaz de elaborar el primer comunicado de campaña, corregido por el Jefe de la Asesoría de Medios del POP, que apareció en forma de gacetilla en el diario *El Despertar* de la capital de provincia:

*El alcalde fascista de Serena del Mosero, conocido, entre otras cosas, por estar implicado hasta el cuello*

*en actos de corrupción (el último, colocar como al-
guacil de su Ayuntamiento al hijo de un cuñado de
su hermano), humilló ayer a un pobre trabajador,
pastor de ganado lanar, al asegurar en su presencia
que había indicios de que el pirómano o pirómana
era de nuestro pueblo, ya que, según él, aquí es donde
se había iniciado el fuego.*

*De manera prepotente, como siempre se comporta
el antidemocrático frente del PDD, se permitió ul-
trajar a nuestro pueblo usando el pérfido gentilicio
inexistente ignarantes, en un intento de humillarnos
también a todos y a todas como pueblo.*

*Y es que el POP es el representante auténtico del
pueblo, de la democracia, del avance social, mientras
que el PDD representa intereses espurios, es antidemocrático y es retrógrado.*

Este comunicado fue respondido inmediatamente
por el PDD, mediante otra gacetilla publicada en el
mismo periódico. Se encargó personalmente de su redacción el alcalde, Tomás:

*Al partido en el Gobierno, el POP, cuya música
ligera e intranscendente bailan a la perfección los
políticos despilfarradores de todos los lugares en los
que gobierna, no se le ha ocurrido mejor idea que
convertir en orégano todo el monte sacando de contexto una mera anécdota y elevándola a categoría.
Cuando un vecino de Ignaro de Pullora se acercó a
Serena del Mosero e increpó de manera chulesca a su
alcalde, en un tono intolerable, achacándole, entre
otras cosas, que carecía de los atributos de la mas-*

*culinidad, este se vio en la necesidad de replicarle, en tono comedido pero firme, que había llegado el momento de centrarse en los problemas que aquejan a los ciudadanos, en vez de hacerlo en viejas disputas ya superadas por los propios acontecimientos.*

*Concretamente en la repoblación del monte recientemente quemado, de momento los únicos trabajos adelantados son los de Serena del Mosero. Y es que no es lo mismo predicar que dar trigo, porque todo el mundo es conocedor de que nosotros sabemos trabajar y ganar el dinero; y por su parte, el POP lo único que sabe es repartirlo, cuando no despilfarrarlo.*

*A diferencia del POP, el PDD no recurrirá nunca a esos tics antidemocráticos de repartir carnets de fascistas o de demócratas. Eso ya se hizo en los países de la antigua Unión Soviética, con el resultado que todos conocemos. Todos... y todas.*

El día quince de octubre salió a la luz la primera encuesta de intención de voto del OCV (Observatorio de la Calidad del Voto). A escala nacional, el POP obtenía un 35 %, el PDD, un 42 %, y el porcentaje restante se lo repartían 18 partidos de escasa entidad.

Pero los ojos de todas las agencias de noticias se fijaron en la intención de voto en Serena del Mosero e Ignaro de Pullora. El POP obtenía un 29 % y el PDD, un 48 %.

En el Cuartel General de POP cundió la consternación. El secretario general llamó a rebato:

—Hay que hacer esa puta repoblación en quince días.

En la mesa de su despacho, que el hotel había habilitado expresamente para él, necesitaba tener el martes, al punto de la mañana (era domingo y estaría ausente de Ignaro el lunes) un bosquejo de lo que los expertos habían planificado.

Tan pronto hubo planteado su exigencia el secretario general, el aparejador municipal se entrevistó con su amigo esteta, quien le recomendó, tras mostrarle el boceto, establecer la doble cinta de vegetación que ahora se ve a partir de la carretera hasta coronar el monte.

—Esto es lo que quería —dijo el secretario al ver la pintura del esteta—. Esto nos hará ganar las elecciones —vaticinó—. Pero hay que saber venderlo.

Y no dijo una palabra más ni exigió ninguna otra cosa. Comenzaron los trabajos de reforestación y, tras haber recabado la colaboración de cuantos militantes pudieran poner sus manos y máquinas a disposición de la obra, se tardó quince días en plantar las encinas. Había que colocar en los medios el texto definitivo. Se encargó de redactarlo el propio secretario general, con ayuda del concejal de Otros Asuntos.

*La prueba más concluyente de la honradez y hasta de la generosidad de los hombres y mujeres del POP —escribió—, nuestros militantes en este hermoso pueblo de Ignaro, es que, habiéndose quemado hace algún tiempo la ladera del monte que corre de Ignaro a Serena del Mosero —toda ella de carrasca—, los munícipes de Ignaro, hombres y mujeres del POP, guiados y guiadas por una altruista política forestal, no solamente conseguirán reponer la masa vegetal*

*quemada, sino que lo harán combinando en la repo-*
*blación la estética con el enriquecimiento del suelo.*
*En efecto, en lo que el fascistoide alcalde del PDD ha*
*repoblado con pinos, en la zona correspondiente a*
*Serena del Mosero, nosotros hemos repoblado ya una*
*banda a base de la entrañable encina, hermoso y*
*mítico árbol cuyo robusto empaque compite con la*
*reciedumbre de los hombres y mujeres que las acaban*
*de plantar —eso sí, impide cosechar un mezquino*
*y rápido rendimiento electoral, que es lo que trata*
*de obtener con la plantación de pinos el alcalde del*
*PDD—, y en la banda inferior plantaremos escara-*
*mujos, de flores blancas y rosadas en una mitad del*
*año, y de frutos rojos en la otra mitad,*

*Los munícipes de Serena del Mosero, seducidos*
*y seducidas por una egoísta y reprobable política*
*forestal, no han dudado en resecar el suelo, al repo-*
*blarlo con pinos, cuyo rápido crecimiento permite*
*una execrable recogida de los frutos económicos y, a*
*la par, políticos en la misma legislatura.*

*Y es que el POP es el representante auténtico del*
*pueblo, de la democracia, del avance social, mientras*
*que el PDD representa intereses espurios, es antide-*
*mocrático y es retrógrado.*

La gacetilla se publicó el día 30 de mayo, coincidiendo con la repoblación de los primeros escaramujos. A día 4 de junio, un día antes de iniciarse la
campaña oficial, la encuesta del OCV adjudicaba,
para el conjunto del país, un reñido 45 a 44% a favor
del PDD, mientras que en el territorio ungido la

encuesta reflejaba los mismos porcentajes, pero en este caso a favor del POP.

Decepcionado por la encuesta, Tomás, que no podía concebir peor castigo que verse superado por su eterno enemigo, el líder del POP y alcalde de San Ignaro, logró convencer al Cuartel General de su partido de que la única posibilidad de contener la sangría de votos que se estaban desplazando de su partido al POP, en el último momento, era sostener un debate televisivo entre los dos alcaldes.

—Si logramos hacer ese debate, nuestra victoria será segura —vaticinó.

Y se puso al instante a trabajar en la preparación del mismo, mientras que el personal ejecutivo del PDD no encontraba resistencia en el POP para programarlo y pactaba con él los términos en los que se llevaría a cabo.

El debate tuvo lugar el 28 de junio, en la televisión autonómica. Durante la primera hora del mismo, Bartolomé, el alcalde de Ignaro, que había estado asistido durante la preparación por una pléyade de psicólogos, derivó enseguida el tema de la discusión hacia la repoblación del monte quemado. Mostró a las cámaras el cuadro que había realizado el esteta amigo del concejal de Otros Asuntos y explicó, mientras la cámara enfocaba el cuadro, cómo, en vez de haber optado por la idea fácil de una repoblación a base de los vulgares pinos, el POP se había decidido por combinar las "polvorientas encinas" machadianas con la floración blanca y rosácea de primavera y verano de los escaramujos y la roja de los tapaculos en otoño e invierno.

Cuando las cámaras dejaron de enfocar a los contendientes y les permitieron un receso para emitir publicidad, se precipitó el secretario general del PDD en la mesa en la que, con los hombros caídos, Tomás mostraba en el rostro la decepción de su derrota. El secretario general le dio unos triviales consejos de conveniencia y unas palmadas de aliento y se reanudó el debate.

Trascurrido un cuarto de hora sin que las cosas mejorasen para Tomás, tuvo lugar un incidente que cambió el curso de los acontecimientos. En medio de una de sus intervenciones, Tomás dijo: "...y asistieron todos los ciudadanos". Bartolomé corrigió: "...y ciudadanas".

El alcalde de Serena del Mosero vislumbró un rayo de luz. En cuanto concibió la frase que le habría de redimir, la engarzó como Dios le dio a entender.

—Nosotros no deseamos... —comenzó, hizo una pausa y reprimió a duras penas su alegría cuando Bartolomé le corrigió de nuevo:

—Nosotros y nosotras...

—Nosotros y nosotras —repitió Tomas, aceptando de buena gana la corrección— no deseamos que los padres...

—Los padres y las madres... —corrigió Bartolomé.

—Nosotros y nosotras —repitió Tomás pausadamente— no deseamos que los padres y las madres estén dispuestos...

—Dispuestos y dispuestas —siguió apuntando en voz cada vez más alta Bartolomé.

—Nosotros y nosotras no deseamos que los padres y las madres estén dispuestos y dispuestas a que sus hijos…

Bartolomé se mostraba coherente con su ortopédica proyección del género, de modo que corrigió una vez más:

—Hijos e hijas.

Tomás repitió, esta vez deteniéndose detrás de cada pareja de género, y fingiendo que le faltaba el aliento al pronunciar cada una de ellas:

—Nosotros y nosotras… no deseamos que los padres y las madres… estén dispuestos y dispuestas… a que sus hijos y sus hijas…

Y alguien en la sala gritó, sin dejarle proseguir:

—¡Sí, y mierdas y mierdos!

Las cámaras recogieron con agilidad, enfocando a los distintos rincones del salón, la carcajada de todos los asistentes.

Aquella noche, cuando los encuestadores terminaron su trabajo, minutos antes de comenzar la jornada de reflexión, se supo, por las filtraciones inevitables en estos casos, que el PDD ganaría las elecciones, lo que sería confirmado por el cómputo oficial de los resultados.

**El color de la arcilla**

Luxoria se asienta en un llano arcilloso bordeado, por capricho de la naturaleza, de un macizo calcáreo que se divisa a lo lejos. Cuando el viajero que se dirige a Luxoria traspasa la frontera que separa ambos terrenos tiene la sensación de verse sumergido en una inmensa lengua de fuego. No es, en modo alguno, una sensación molesta, sino placentera, capaz de anegar el alma en un oasis de perfección y serenidad y a ello contribuye el gusto con el que se halla ordenado el conjunto de sus edificios. Hace mucho tiempo que todos los gobiernos que se van sucediendo en el municipio de Luxoria mantienen vigente, en su ordenación urbanística, la obligación de que el color de las fachadas de las casas sea el mismo que el de la tierra arcillosa de los montes y el del suelo de sangre de que están formados los caminos. Solo la iglesia, labrada en piedra desde la base hasta la aguja de la torre, exhibe su figura grisácea pastoreando el pueblo.

Me sentí honrado cuando el director del Instituto de Educación Secundaria de Luxoria, con el que tengo una buena relación, me escribió hace pocas semanas una nota por correo electrónico en la que me pedía que, si no tenía inconveniente, acudiera al instituto para hablar de mi experiencia como editor a un grupo de profesores jóvenes. Tenían curiosidad por conocer el manejo de una editorial y ellos mismos le habían sugerido mi nombre como posible ponente de la charla.

"A pesar de estar ya jubilado", me decía en su misiva, "te has dedicado a la docencia en el instituto de San Eugenio de la Torre durante más de treinta años, y has sido editor durante los últimos veinte. Los profesores que han hecho la sugerencia te admiran sinceramente, por lo que te ruego que no les prives de esa satisfacción que, conociéndote, sé que te será grata".

La reunión, que tuvo lugar el miércoles de la semana pasada, se celebró en un clima cordial. Yo me sentí particularmente cómodo y hasta reconciliado con las nuevas generaciones de profesores, en las que parecía haber resucitado ese elemento noble y difuso que se llama vocación. Por otro lado, no esperaba que su interés se centrase en mi experiencia vital y me sorprendió que las preguntas de los asistentes versaran, más que sobre temas propios de mi dedicación profesional, acerca de asuntos personales.

Tras una corta introducción del director, en la que se excedió en resaltar mi "singular biografía", uno de los profesores, un muchacho de cabello largo y sonrisa franca, me preguntó cuáles habían sido las metas que me había propuesto en la vida. Yo creí responderle con sinceridad al declarar que había consumido mi vida en alcanzar unos pocos objetivos, una suerte de líneas maestras con las que había pretendido dar solidez a mi vida: construir una casa de piedra con un gran jardín, amar y ser amado por una buena y bella mujer y por los hijos que tuviéramos, disfrutar de amigos leales y comprensivos, poseer un perro grande, publicar bellas historias e, incluso, escribir alguna de ellas. Añadí que lo único que me faltaba para cubrir los anhelos de mi vida era escribir una de esas historias. Entonces una profesora de mirada de ensueño, nacida con toda seguridad en Serena del Mosero, comentó: "Más le vale que tarde mucho en escribirla, para que le llegue tarde la muerte. Pero yo le rogaría que nos hablase de su casa y de la publicación de bellas historias". Yo lo hice con mucho gusto.

## LA CASA DE PIEDRA

En Luxoria, la mayoría de las viviendas están construidas con ladrillos o con bloques, a los que se aplica un lucido final de cemento teñido del color de la arcilla. Pero no faltan quienes, preocupados por contribuir a la belleza y permanencia de la obra bien hecha, construyen su casa enteramente de piedra o de ladrillo macizo de oro y sangre —o, como es mi caso, con piedra en la planta principal y ladrillo macizo en el piso superior.

El constructor me había asegurado que las tejas arábigas con las que iba a cubrir el tejado tenían al menos 100 años y "esa era la mejor garantía de su duración futura", pero es evidente que su vaticinio estaba guiado más por el interés que por la veracidad. Al cabo de un año, la mitad de las tejas no habían resistido los embates del hielo y lucían una raja por la que penetraba el agua; la otra mitad presentaban una especie de mordisco en alguna parte de su estructura, en el que se alojaba un acuífero que poco a poco lograba invadir, como ocupa furtivo, la vivienda.

No habían transcurrido aún cinco años desde la construcción cuando me vi obligado a mudar su techumbre. Habían aparecido goteras en las escaleras que conducen al piso superior, donde se hallan las habitaciones, en las propias habitaciones, en el cuarto de baño y en el tejado de la terraza orientada al Oeste.

Cuando me decidí a construir la casa, elegí para realizar el proyecto y dirigir las obras a un joven que había sido compañero de curso de Andrea, mi mujer, en bachillerato, y que había acabado ya la carrera de arquitectura. Me sedujo su concepción ecológica de la vivienda. El joven arquitecto me pareció un personaje muy original. En realidad, lo eran todos los miembros de la familia. Su padre tenía una carpintería y cuando ponía en marcha cualquiera de las máquinas del taller, con el fin de aprovechar al máximo la energía se las ingeniaba para mover, al mismo tiempo, la lavadora, el lavavajillas o el frigorífico, que estaban ubicados en el piso superior.

Roberto —ese era su nombre—, inspirado por la misma sobriedad económica y ecológica de su padre, estaba obsesionado por no deteriorar el medio ambiente y por reciclar elementos constructivos abandonados, como puertas y ventanas, e incluso bicicletas desechadas, como fue el caso del medio de locomoción que recogió al lado de un contenedor de basura y que empleó durante muchos años, hasta bien entrada su madurez, cuando le fue ya imposible recomponer los desperfectos de cada uno de los componentes del velocípedo: ruedas, manillar, cuadro y bocina. Al tiempo que ecologista, era también vegetariano; "pero sin exageraciones", me comentó un día, "no hago ascos a un corderillo tierno bien asado".

Cada dos o tres días se pasaba por mi domicilio para enseñarme los bocetos, renovados en cada visita, bien porque había optado por una idea nueva o bien, las más de las veces, por asesoramiento de su madre, pues ella era la mentora a la que recurría como autoridad suprema en la materia.

En asuntos que no son de mi competencia, yo me he dejado llevar siempre por la pericia de los expertos, de modo que, sin sopesar los posibles desvíos del sentido común que pudiera plasmar en mi futura casa —lo que se llama estilo y constituye una genialidad o una locura—, entregué en manos del joven arquitecto mi confianza hasta el día en que me aportó un "diseño espectacular" que se le había ocurrido a su madre, consistente en dejar el piso superior, destinado a dormitorios, baño y sauna, sin una sola separación, para poder conformar los distintos habitáculos al uso y usuarios del momento, mediante un sistema de biombos, más o menos como se hacía en algunos países árabes. Yo no dudé de la genialidad de la madre, del hijo e incluso de los países árabes, pero la idea de verme manejando los biombos cada vez que nos visitara un amigo o un familiar me hizo desechar al instante semejante ocurrencia innovadora. Además, le dije, soy una persona muy ocupada, por lo general, y no tengo tiempo para semejantes trasiegos.

En adelante se abstuvo de bocetos innovadores y se ciñó a crear un proyecto —espectacularmente bello en apariencia, debido a su dominio del lápiz y el carboncillo—, acompañado de dibujos a mano alzada que, usando con maestría la perspectiva, incitaba a soñar, de manera engañosa, que uno se hallaba ante salones vaticanos, cuando correspondían a módulos de medida uniforme, 3x3 metros, en toda la casa. En la realidad el proyecto quedó plasmado como un mazacote cuadriculado realizado, eso sí, con materiales nobles, piedra y ladrillo viejo, pero con medidas insuficientes e inadecuadas para su función, en los dos pisos y en el sótano. De la dimensión del desastre solo me di cuenta cuando estuvo terminada la casa.

Pero lo más llamativo era una galería en la cara sur, cerrada con ventanas recicladas de aspecto desmejorado, y tan estrecha que apenas cabían a lo ancho dos personas. Ese espacio iba a ser la fuente de calor de lo que el joven arquitecto había denominado "calefacción ecológica suelo-techo radiante" y que demostró su ineficacia ya el primer día en que habitamos la casa. Había dispuesto que todas las bovedillas del forjado estuvieran abiertas por ambos extremos, de modo que el calor almacenado en la galería pudiese penetrar por el hueco de las bovedillas sin hallar obstáculo a su irradiación y calentase el suelo-techo de la vivienda. Sea por lo que fuere, el sistema fracasó. Lo cierto es que, para no morir de frío durante el invierno, hubo que adaptar al hueco un dispositivo tubular por el que insuflaba aire caliente una caldera.

La techumbre de esta galería consistía en una sucesión de tiras de cristal que, colocadas sobre unas Tes metálicas, ocupaban toda la superficie. Sobre ellas dispuso la colocación de radiadores muy finos, unidos unos a otros. El agua contenida en ellos era calentada por acción de los rayos solares y formaba un circuito común con la contenida en dos termos eléctricos enormes situados en la parte superior de los armarios empotrados de las dos habitaciones orientadas al Sur. Todo el conjunto —Tes metálicas, tiras de cristal, radiadores— fue pintado y repintado de un negro tétrico, cuya severidad se veía subrayada, por un lado, por la rusticidad del conjunto de ventanas recicladas y, por otro, a causa de su ubicación, casi como pórtico del vecino cementerio. Con todo, sería muy injusto dejar de reseñar que fue el único artilugio ecológico que cumplió a la perfección la misión para la que estaba destinado, pues cubría con creces, en todas las estaciones, nuestras necesidades de agua caliente.

Hace unos diez años, llevamos a cabo una rectificación de la casa. Y debo confesar que, en lugar de recurrir a las apasionantes novedades del ecologismo, optamos por la tecnología más rancia. En materia de calefacción echamos mano, en toda la casa, de los radiadores de siempre. En la planta de calle, abrimos una terraza al Oeste, desde la que se puede bajar, mediante unas escaleras, al jardín; al Este, dispusimos una habitación para ahorrarnos subir y bajar escaleras; y por la parte sur ampliamos hasta seis metros el cuarto de estar, cerrado por una pared de cristaleras que dan luminosidad al interior.

Si la construcción y mantenimiento de la casa ha contribuido a complicarme la vida, desmintiendo con evidencia escolástica la complacencia con la que me había referido a ella en la charla con los profesores del IES de Luxoria, debo añadir a la nómina de mis disgustos la incursión en mi vida de un organismo administrativo teóricamente creado para facilitarla, como es el Servicio de Aguas de la Mancomunidad Comarca de Luxoria. Durante el invierno de hace tres años, esta entidad, para reparar una fuga de agua que se había producido delante de mi casa, coincidiendo con una arqueta, excavó una zanja que mantuvo abierta unos quince días, durante los cuales llovió y hasta nevó copiosamente.

A consecuencia de ello, se desconchó la pared del sótano lindante con la zanja, justamente la que alojaba la mayor parte de mi biblioteca y se levantó la tarima del suelo. Habiéndome puesto en contacto con la mancomunidad, esta se hizo cargo de la reparación a través de su seguro.

Arreglados durante el verano los desperfectos, nos dimos cuenta, en el invierno siguiente, de que de nuevo la pared mostraba signos de humedad y de que la madera había vuelto a levantarse.

Nunca antes de la apertura de la zanja la vivienda había sufrido filtraciones en esa zona y nunca después las ha padecido en otras, dándose la circunstancia de que se producen cada vez que llueve con intensidad y afectan a la misma parte de la pared.

Reclamé de nuevo. Aun habiendo reconocido, con ocasión de mi primera queja, la relación causa-efecto entre los trabajos de excavación y las filtraciones en la vivienda, no se había llevado a cabo actuación alguna dirigida a la eliminación de la causa de tales filtraciones, por lo cual seguían produciéndose y habían vuelto a afectar gravemente a la pared y al suelo de la misma estancia. Escribí repetidas veces a la mancomunidad y, o no me contestaban o lo hacían diciendo que sus técnicos no encontraban la relación de causa a efecto que en su día habían admitido.

Y así estuvimos durante tres años, guardados los libros en cajas y sin poder utilizar esa sala ni la contigua, una bodega en cuyo interior habíamos depositado las cajas de libros. Hasta que logré encontrar un arquitecto especialmente versado en este tipo de incidentes, que redactó un informe clarificador, y un abogado que me recomendó el propio perito, y en unos meses se resolvió el problema.

Los años no pasan en vano y he tenido que ceñir mi trabajo en el jardín a lo mínimo imprescindible: cortar asiduamente solo el césped de la parte más contigua a la casa, y al resto, darle un corte dos veces al año; cortar los setos interiores a comienzos de la primavera y recoger las ramas de los árboles caídas durante el invierno. De manera que el jardín, más que el idílico lugar en el que sentirse arrebatado por ensoñaciones, ha sido un banco de trabajo físico añadido al intenso esfuerzo mental a que he estado sometido a lo largo de toda mi vida, aunque es algo que no confesaré nunca a mis amigos, para que continúen padeciendo sana envidia cuando lo contemplen desde la terraza del Oeste o a lo lejos.

## LAS BELLAS HISTORIAS

Les hablé también de mi modesta editorial, que nunca tuvo grandes pretensiones, pero que, con todo, logró editar, con trabajo y paciencia, algunas publicaciones realmente meritorias, y de un buitre que, bajo el rótulo de empresa de distribución, a punto estuvo de arruinarla. La pequeña editorial funcionaba razonablemente bien hasta que un distribuidor del Sureste, exactamente de Macotes, cuya distancia geográfica respecto a Luxoria es la mayor que puede mediar entre los dos puntos más alejados del país, tras efectuar unos pedidos de poca entidad, pero pagados religiosamente con letras a noventa días, de repente solicitó, en el espacio de tres meses, rogando que el envío se realizase lo antes posible y sugiriendo el mismo modo de pago que el de los pedidos anteriores, libros por valor de quinientos mil trescientos once euros, descontada su comisión.

Un escalofrío de entusiasmo recorrió mi espina dorsal cuando recibimos el pedido. Podía ser el comienzo del despegue definitivo de la empresa. Purificación, que por aquel entonces trabajaba también en la editorial, y Ángel se mostraban emocionados, de igual manera, previendo un futuro esperanzador.

A fin de llevar los libros cuanto antes y de que las letras fueran firmadas, admitiendo, en caso de impago, la jurisdicción de los tribunales de Luxoria, pedí a mi amigo Juan Antonio que me prestase su pequeño camión, a lo que no puso reparo, y a mi hermano Álvaro, que lo condujese hasta Macotes cargado con los libros y no volviera sin las letras debidamente firmadas. Mi hermano agradeció el encargo, dado que estaba en paro en aquel momento, y se lo tomó como un viaje de turismo al que le acompañó Claudia, su esposa.

Cuando llegó devuelta la primera letra emitida, di orden al banco para que la entregase al notario para su protesto, gestión que completó con rapidez olímpica. Una a una fueron devolviéndose las letras a medida que iba cumpliéndose su plazo de cobro y pasando por la notaría para el oportuno protesto.

Enseguida advertí que el gestor de *Distribuidora de libros Capitán Marcial* era un redomado cabrón. Su objetivo había sido, sin duda, hacerse con una partida de libros gratuitos, porque daba por supuesto que mi empresa no tenía la suficiente enjundia para sobrellevar el proceso judicial que se le avecinaba en caso de que quisiera recuperar los libros o el dinero.

Entonces comenzó mi periplo viajero a Macotes, cada poco tiempo, porque una cosa era tener protestadas las letras y otra, cobrarlas. Para empezar, descubrí, a través de mi abogado en Macotes, que mi procurador en esa localidad era amigo del capitán Marcial y que, para embargar los bienes del deudor capaces de cubrir su adeudo no se le había ocurrido otra cosa que embargarle mis propios libros, y no con el descuento que yo le había hecho, sino por el 100% de su valor en mercado. Revoqué los poderes del procurador y los di a uno nuevo, hijo de mi abogado en Macotes.

Era preciso contraatacar. Lejos de perder tiempo impugnando la desvergüenza del embargo de mis propios libros, solicité los servicios como perito de un librero de Luxoria, para que realizase una estimación actualizada de los libros. Este estableció el valor en función del peso de los libros, puesto que, a su juicio, su contenido —ligado a currículos escolares— estaba totalmente superado, de manera que el valor de lo embargado quedó muy reducido. Mi próximo movimiento fue embargarle el piso en el que vivía para asegurarme el cobro de la deuda. A la hora de efectuar el embargo, mi abogado advirtió que acababa de modificar el régimen de su matrimonio, pasando del de gananciales al de separación de bienes, y por este procedimiento el piso pasaba a ser un bien privativo de su mujer. No pudiendo embargar de modo directo el piso, mi abogado procedió a hacerlo preventivamente, al tiempo que denunciaba la fraudulenta separación de bienes del matrimonio. La fortuna se alió conmigo. Por una casualidad en teoría casi improbable, el registrador de la propiedad de Macotes había estado antes de titular del registro de Luxoria, lo que facilitó de alguna manera los trámites.

Cada uno de los pasos exigía cruzar el país de parte a parte, y meses y hasta años, pero no me amilané por ello, sino que, contando con el asesoramiento y la buena disposición de mi abogado en Luxoria, Felipe, me hice acompañar por él la mayoría de los viajes, que resultaron particularmente agradables.

Cuando el capitán Marcial se vio perdido, apeló al Tribunal Supremo, juicio que nuevamente gané.

Por otra casualidad en los linderos de lo imposible, el número de teléfono del domicilio del capitán Marcial era exactamente igual que el de mi hermana, a excepción del prefijo provincial. Cuando había ya pasado un año desde la sentencia del Supremo, comencé a desesperar de que alguna vez me fuera reintegrado el dinero.

Fue cuando comencé a marcar el teléfono del domicilio del capitán Marcial a cualquier hora del día, para vociferarle algo desagradable: "Es usted un sinvergüenza". "Me tendrá toda la vida pisándole los talones". "Tarde o temprano me haré con el piso…"

Mi abogado en Macotes acostumbraba a decirme que una cosa era ganar los juicios y otra, cobrar. Un día Felipe me comunicó que iba a tener lugar, por fin, una sesión judicial en los juzgados de Luxoria, que estaría presidida por el Jefe del Tribunal Superior de Justicia de San Eugenio de la Torre, al que se citaría a mi deudor y a mí mismo, junto a los abogados de ambas partes, en la que se aclararía la cuestión capital: cómo y cuánto tenía que pagar el capitán Marcial.

Me enteré de que este había viajado a Luxoria a tratar de encontrar un abogado, porque el más reputado de todos ellos me llamó por teléfono para hacerme sabedor de que un señor acababa de estar en su despacho para rogarle que le defendiese en un caso en el que yo era la parte demandante y él, la demandada. Le había contestado que lamentaba no poder hacerlo porque era amigo mío. Afortunadamente no debió de encontrar en Luxoria ningún abogado prestigioso, porque el día del juicio apareció en la sala al lado de un muchacho, al que yo conocía, con los estudios de Derecho recién acabados, que, por lo demás, cumplió dignamente con su deber.

El juicio acreditó, junto a la culpabilidad de mi oponente, la cantidad que debía abonarme. Ya faltaba solo cobrar. Por tres veces viajamos Felipe y yo a Macotes y las tres volvimos de vacío, porque el capitán Marcial se valió de todo tipo de argucias para no aportar, en el juzgado de Macotes, el talón conformado por el banco.

Finalmente, habiéndome avisado mi abogado de Macotes de que estaba ya a mi disposición el talón debidamente cumplimentado, un viernes de septiembre viajé una vez más en mi coche a Macotes, acompañado de Ángel y de un amigo.

Cuando, una vez en nuestro destino, nos acercamos al despacho de mi abogado, este me confesó:

—No he conocido una persona más perseverante que usted. Si le digo la verdad, yo estaba convencido de que no lograría su objetivo.

Volvimos tarde. Se nos echó encima la noche y nos quedaba todavía mucho camino, de modo que invité a cenar a mis acompañantes, en un restaurante al borde de la carretera. Recuerdo que yo estaba casi agotado. Terminada la cena, rogué a Ángel que condujera él.

Cuando llevábamos recorridos unos cien kilómetros, pregunté al nuevo conductor dónde guardaba el talón. Me lo habían entregado introducido en un sobre blanco abierto. Yo se lo había confiado a él, que sin duda estaba más despejado que yo y desde luego era más joven.

Detuvo el coche al borde de la carretera y buscó en los bolsillos del pantalón, en los de la chaqueta, y no encontró nada.

—Me lo he debido de dejar en el restaurante —conjeturó.

Todo el esfuerzo de tantos años podía acabar en una burla macabra del destino. Habían pasado diez años, siete meses y diecisiete días de juicios y viajes y mala sangre.

—Hay que volver a toda pastilla —dije—, antes de que pueda hacerse con el sobre algún cliente.

Con el alma en vilo llegamos al restaurante cuando estaba ya a punto de cerrar. El camarero nos reconoció al punto.

—He recogido el sobre y lo he guardado en el mostrador porque he pensado que podrían venir a buscarlo —dijo pausadamente.

## A MANERA DE EPÍLOGO

La confesión que el pasado miércoles hice a unos cuantos profesores del IES de Luxoria estuvo probablemente teñida de una emotividad optimista. La vida me ha hecho sufrir mucho más de lo revelado en esa declaración. Y eso que era inoportuno contar mis sinsabores de la esfera privada. Pero lo cierto es que yo no quise mentir a propósito. La memoria traiciona muchas veces la verdad, sin nosotros pretenderlo, a no ser que entendamos que construimos en cada momento una verdad diferente, un relato acomodado a nuestro momentáneo estado de ánimo. Los recuerdos se le agolpan a uno en asociaciones casi autónomas que se ofrecen a veces a la mente en bloques estancos, mientras que la vida es un rico devenir de todo tipo de sensaciones mezcladas en una corriente que no cesa. Realmente me vería en un trance comprometido si debiera rescatar del olvido todas las preguntas y las respuestas de la charla que mantuve ¡la semana pasada! —lo cual me obliga a reparar en mi longevidad—. Habiéndolo meditado sin verme constreñido por la inmediatez de las prisas del habla, veo mi existencia como una nebulosa compacta en la que resulta imposible separar madejas sueltas de alegría o de tristeza aunque, considerada en bloque, no ha sido tan aciaga. Tiendo a conformarme con ella. Sé que esa avenencia no es debida solo a mi esfuerzo, sino al de Andrea, mi mujer, al de Ana y Luisa, mis hijas, y al de unos cuantos amigos, seres extraordinarios que han iluminado mis días. He aprendido también a ser más benévolo conmigo mismo, y hoy observo, no sin cierto asombro, cómo yo también, con mis miserias y con mi esfuerzo, he contribuido a la felicidad de los que me han rodeado y me han distinguido con su afecto.

**Un hedor repulsivo**

Poco antes de llegar al pueblo de Radilla, el río Mosero se esconde bajo la tierra, como si quisiera hurtar su agua a la población, para reaparecer tres kilómetros más abajo. Se puede adivinar con facilidad el curso subterráneo del río porque alimenta las raíces de una gruesa hilera de castaños y avellanos que crecen alborozados justamente por encima de él y que ofrecen en otoño sus frutos a los habitantes de Radilla y a cuantos caminantes pasan a su lado. A ambos flancos de esta formación vegetal crecen todo tipo de especies florales entre las que destacan la vocinglera abundancia de las margaritas y el desorden cabizbajo de los narcisos.

Lo primero que advierte el incauto visitante de Radilla es el olor intenso, y muy desagradable, de las abundantes granjas porcinas, cuya explotación constituye la actividad predominante de la mayoría de sus habitantes. Ese hedor repulsivo envuelve al pueblo en una atmósfera insufrible, hasta el punto de que hay quien se atreve a afirmar que ni el río puede soportar semejante pestilencia y que por eso se oculta. Posiblemente la fama de gente desconfiada que acompaña a los pobladores de Radilla guarde relación, en opinión de un afamado psicólogo de esa localidad, con la fetidez en la que transcurren sus vidas. Solo el amor al dinero les permite superar la hediondez ambiental de que se queja todo visitante ocasional.

La matrona que asistió el parto de Pedro forcejeó hasta la extenuación para sacar a la luz un feto que parecía estar cosido a las entrañas de Maria Jesús, la madre, por lo que, tras la infructuosa brega de la enfermera, hubo de intervenir el cirujano, a fin de practicar una cesárea. Cuando el médico logró por fin desgajar del vientre materno el cuerpecito del recién nacido, cirujano y matrona se miraron perplejos ante las dificultades que había sido preciso superar para que se produjera el alumbramiento. El cordón umbilical era anormalmente corto y tenía además un nudo que necesariamente había tenido que interrumpir la asimilación de nutrientes. Todavía estaba la matrona sudorosa a causa de su inútil esfuerzo por extraer de la morada fetal al neonato, en la que debía de hallarse particularmente cómodo, pues, como le comentó el doctor, difícilmente podría encontrarse en la gran historia de la humanidad otro ser que hubiera presentado una oposición semejante a iniciar la corriente de la vida. Se conocían pocos casos en que el cordón umbilical se hubiese visto estrangulado por un nudo, pero era todavía más raro tropezar al mismo tiempo con un cordón que midiese apenas diez centímetros, toda vez que lo normal era que tuviera una longitud en torno a cincuenta.

Pronto María Jesús se quedaría desconcertada, y tendría que pedir asesoramiento cuando, poco después, el bebé se mostró renuente a efectuar una o dos de las tomas diarias que habían sido programadas por la pediatra, y echaba a llorar en caso de insistencia, primero con un ligero llanto de queja, y después con unos berridos que asustaban al vecindario y que hacían imposible una lactancia suficientemente abastecida.

—Se diría —explicó a su madre la pediatra— que su cerebro tiene codificada una dieta singular que se aleja ciertamente de las pautas de alimentación que siguen los demás bebés. Da la impresión de que regula las tomas con un criterio ahorrativo, como si temiera agotar el acopio de que cree disponer y guardase en reserva las dosis que decide postergar. Sin embargo, está probado el hecho de que cuantas más veces mama un bebé, más leche produce su madre.

Cuando a los tres años Pedro inició sus estudios en el Colegio Público "Gregorio Marañón" de Radilla, adquirió la costumbre, impropia de un niño de su edad, de no tomar una de las cuatro galletas que le envolvía en papel de plata María Jesús, y la guardaba en su habitación, escondida al fondo de un armario bajo en cuyos estantes se alineaba su ropita. Acostumbrada al hedor ambiental, la madre no se percató del moho que las había atacado y solo reparó en ellas cuando, debido a la cantidad que el niño había almacenado, las galletas habían atorado la puerta del armario. Nadie fue capaz de sonsacar al niño la razón por la que había atesorado las galletas, pero María Jesús sorprendió a la tutora del colegio al confesarle que ella creía que lo había hecho "por alguna suerte de ahorro".

A los diez años tuvo lugar un incidente que habría de señalar un hito fundamental de la pasión que le marcaría toda la vida. Desde hacía tres años había ido guardando cuantas monedas llegaban a sus manos por los más variados procedimientos. Las almacenaba en la parte trasera de una rejilla por la que pasaba el hilo telefónico, rejilla que abría con cuidado, sin que nadie le viese, procurando cambiar por billetes de papel las monedas, para facilitar el acomodo de su tesoro. En el escondrijo guardaba las propinas que le daban sus tíos, las monedas que quedaban olvidadas en las mesillas, las que hallaba por el suelo de la casa e incluso las que se había ido encontrando por la calle.

Una tarde su madre oyó un leve ruido, procedente de la bodega. Imaginándose que su hijo tenía algo que ver con el sonido que acababa de escuchar, ya que más de una vez le había parecido que Pedro se dirigía a esa dependencia de la casa, sin saber nunca qué hacía en ella, se acercó rápidamente a la misma y sorprendió a su hijo con la rejilla en la mano. Se agachó y pudo contemplar el tesoro acopiado por Pedro. Le dio tiempo de ver que su fortuna alcanzaba al menos mil euros. Cuando fue a coger el botín de su hijo, este se interpuso en su camino y comenzó a dar unos berridos tan estridentes que llamaron a la puerta vecinos de las casas colindantes ofreciéndose a prestar su auxilio en caso de necesidad.

Cuando su madre regresó después de atender a los vecinos y le preguntó dónde había escondido esta vez el dinero, no hubo forma de obtener respuesta. Por más que María Jesús lo amenazó incluso con no darle de comer ni siquiera galletas, Pedro mantuvo silencio. Cuando, terminada la jornada en su granja de cerdos, Benjamín, el padre, se enteró de lo sucedido y planteó a su hijo la misma pregunta de manera reiterada y acompañándola de numerosos pescozones, el niño mantuvo el mismo silencio cartujano que, por otra parte, su madre conocía muy bien, ya que no era la primera vez que se producía.

En efecto, Pedro era terco como una mula. En las fiestas de Radilla, Jenaro, un hermano de María Jesús, quiso hacer una foto a su sobrino con una cámara muy sofisticada. Pero surgió un problema. Pedrito, que tendría entonces seis años, mantenía la boca, frente a la cámara, un poco más abierta, quizás, de lo normal.

Jenaro trató de que su sobrino cerrase la boca.

—Cierra un poco la boquita, cariño —le dijo.

Pedrito escuchó el afectuoso mandato como quien oye llover.

—Hijo mío —insistió el tío—, cierra la boquita, corazón.

El sobrino oyó de la misma manera estas bondadosas palabras, que también repitió la madre, con idéntico resultado. Entonces el padre se vio en la obligación de intervenir pero, estando repleta la plaza, no le pareció oportuno manifestar su ira con el aditamento que no hubiese dudado en emplear de hallarse en privado y optó por la delicadeza:

—Pedrito, hijo mío, haz caso a Jenaro y abre esa boquita.

Aún se ríen a carcajadas los mayores de Radilla cuando recuerdan la anécdota. Para sorpresa de todos los que se hallaban en los alrededores de la escena, esta vez Pedro hizo tanto caso que abrió desmesuradamente la boca, enseñando la úvula a quien sintió la curiosidad de verla. Y así salió en la foto, que todavía hoy está expuesta, dentro de la casa paterna, en la repisa de la chimenea.

En todo caso, María Jesús con carantoñas, y el padre con cachetes, no solo fueron incapaces de descubrir el escondite, sino que en adelante el niño pareció observar especial cuidado en ocultar a sus padres todo tipo de incremento del capital. Sus padres murieron, primero el padre y diez años después la madre, en la ignorancia más completa del escondrijo de Pedro ni del monto de su tesoro.

Como sostuvo un psicólogo a cuya consulta acudieron los progenitores, es posible que el hecho de que Pedro pensara que sus padres quisieran arrebatarle el dinero y, por otra parte, le tratasen sin el grado de afecto que todo niño necesita contribuyese a un creciente apego a los bienes materiales y sobre todo al dinero, con el que pronto aprendió que un hombre puede comprarlo todo.

Cuando Pedro tenía diecisiete años, Benjamín y Anselmo, otro de los granjeros más acaudalados de Radilla, tomaron el acuerdo celestinesco de casar a Pedro y a Nunila, sus hijos respectivos. Nunila, secretaria de un consorcio de granjeros, poseía el dominio de la taquigrafía, por medio de la cual anotaba cuanto se hablaba y sucedía en las reuniones. Les pareció una buena idea juntarlos en casa de Benjamín, los domingos, después de la misa mayor, a fin de que Nunila enseñase a Pedro la actividad que ejercía con mano experta.

Las clases de tan sugestiva materia comenzaron el primer domingo de abril. Era la taquígrafa una muchacha agraciada, de ojos grandes y cabello negro. Pero el don de su persona que más llamaba la atención era su enorme facilidad para hablar. Con la misma habilidad y rapidez con la que manejaba su mano derecha para trazar los signos cabalísticos de la taquigrafía, disparaba con las cuerdas vocales sílabas y palabras con velocidad supersónica, a manera de meteoritos. De modo que, una vez en casa de Benjamín, sentados los dos en el mismo lado de la mesa, Nunila comenzó a impartir la primera clase, para lo cual escupió de su boca, de memoria y todo seguido, el *Volumen I (Introducción)* de un exitoso curso de la afamada Academia de Taquigrafía *El rápido taquígrafo*. El alumno, que la observaba con mirada atónita, advirtió de inmediato la competencia profesional de Nunila, pero no pudo dejar de considerar también las sesiones de plomizo aburrimiento que le esperaban a lo largo de los muchos domingos que requería, como le habían asegurado, adquirir la preciada destreza taquigráfica.

Pero este juicio tan poco meditado demostró ser precipitado e incluso falso porque, pasados los primeros dos domingos, en la sesión de enseñanza taquigráfica del tercer domingo, tras asistir a la misa mayor, la mano nerviosa de Nunila no calculó bien las dimensiones del signo taquigráfico que intentaba escribir y dibujó un trazo tan largo y decidido que, desbordando las fronteras del folio en el que exhibía sus ejemplos, fue a dar casualmente en el pecho de Pedro, donde amainó su fuerza, y por efecto de la inercia fue descendiendo mansamente hasta hallar el punto de sujeción que requería su inquieta mano. Habiendo avanzado la clase hasta un punto ciertamente comprometido, oyeron de pronto el ruido de la llave de la puerta de casa abriendo la cerradura y, aunque se acomodaron la ropa con no menor rapidez que con la que manejaban los signos taquigráficos, Pedro no acertó a cerrar a tiempo la cremallera, que atrapó un trozo de su camisa, y Nunila no pudo evitar que sobresaliese del escote de su vestido la mitad del sostén.

Anselmo y su mujer sonrieron con una complicidad que no agradó a Pedro. Ahora comprendía la razón de esas clases innecesarias. Pero terminó por convencerse de la auténtica dimensión de las clases de taquigrafía cuando, el miércoles anterior a la clase del quinto domingo, María Jesús le insinuó que debiera tener un detalle hacia Nunila. Se apoderó de él la certidumbre de que compartir la vida con otra persona, hombre o mujer, suponía depender de sus gustos, de sus humores, de sus caprichos, sujetarse a su manera de manejar el dinero y, por tanto, era también perder la autonomía económica, fuente, en definitiva, de la felicidad personal.

Fue cuando se planteó, por primera vez de manera consciente, vivir frugalmente como un anacoreta, sin tener que compartir con nadie el pequeño caudal que tanto tiempo le había costado acopiar, libre de miradas extrañas cuando contaba y recontaba sus ahorros.

Los padres de Nunila se resistieron a creer que Pedro no quisiera seguir recibiendo lecciones de taquigrafía, cuando Benjamín se lo hizo saber, después de que un Pedro airado le comunicara su negativa a reunirse con Nunila los domingos tras la misa mayor. Después de lo que había visto Anselmo, le pareció incomprensible e ilógico que Pedro rechazase unas clases tan provechosas, amenas e impartidas "como Dios manda".

—Muy alto debe de mear tu hijo, que rechaza de esa manera a mi Nunila —le dijo—. Cuando se arrepienta, la cosa no tendrá remedio.

—¡Qué me vas a decir, Anselmo! Este hijo mío es la cosa más tozuda que ha parido madre. No sabes cómo lo siento, pero no hay nada que hacer.

En adelante Pedro no volvió a pensar más en Nunila. Tuvo ocasión de estar a solas con ella, que permaneció siempre soltera, una semana después de que muriese María Jesús, cuando lo visitó con la secreta intención de compartir sus soledades. Pero él no le dejó el más pequeño resquicio por donde poder colarse en su vida. Cuando Nunila se marchó tras haberle ofrecido un sentido pésame, Pedro la despidió con una gélida inexpresividad que ella recordaría hasta la muerte. Pero nunca logró comprender que Pedro hubiese despreciado su compañía en razón de la avaricia, una deformidad del alma que, como las enfermedades crónicas, parecía acentuarse con la edad. Llorando su soledad, tuvo mucho tiempo para pensar que, de todos los pecados del hombre, el más inhumano, el más absurdo, el más inexplicable es abandonar toda relación con sus semejantes para entregar su corazón a un puñado o a un saco de monedas. En adelante sintió siempre lástima por su compañero de pequeños ratos de unos pocos domingos.

Día a día Pedro fue envolviéndose más y más en un caparazón de dureza afectiva que, sobre todo tras la muerte de sus padres, cuando tuvo la convicción de hallarse solo frente al mundo, adquirió mayor consistencia. La verdad es que esta soledad no le incomodaba apenas. Siempre la había sentido. Tuvo tiempo de ir acostumbrándose a ella a medida que avanzaba desde la niñez y la juventud hasta la etapa adulta. Y acabó de consolidar en su mente la convicción de que había que administrar debidamente el dinero, sin efectuar nunca gastos superfluos, en oposición a lo que sostenían la mayoría de los hombres, partidarios del despilfarro.

Lo cierto es que cuando cumplió los cincuenta años, sin haber trabajado en otra cosa que en llevar la contabilidad de la granja de su padre y de unos cuantos granjeros autónomos y guiado siempre por una conducta ahorrativa estricta y organizada, había logrado acopiar una pequeña fortuna. Para ello había tenido que sortear algunos palos que se habían interpuesto en las ruedas de su decidido empeño. Uno de los más gruesos había sido Nunila.

Solo en el mundo, había llegado el momento de incrementar su capital. Incapaz de amar a nadie, quién iba a decir que terminaría despertando una pasión arrebatada en Hortensia, una mujer todavía hermosa, poseedora de dieciocho granjas porcinas heredadas de un marido que se había pasado la vida trabajando entre el hedor de los cerdos y que había muerto hacía dos años.

Se había enterado de su hacienda por la prensa, poco después de morir el marido y, dispuesto a echar un zarpazo sobre la herencia, urdió el único plan viable en un pueblo donde solo existía la posibilidad de reunirse con una mujer a la entrada o a la salida de la misa mayor de los domingos o, como sucedió en este caso, con ocasión de alguna procesión. En la de un domingo de ramos, Pedro fue ganando espacio hasta situarse detrás de la viuda, que vestía una falda negra, en realidad una leve minifalda, que la hacía muy atractiva. El suelo por donde transcurría la procesión estaba alfombrado de pétalos de flores, cuyo aroma se veía sofocado por la fetidez ambiental.

—Me llamo Pedro —se presentó tras haber franqueado con una larga zancada el paso que le separaba de la viuda—. Me han dicho que escribe usted versos. Yo también hago mis pinitos.

Y, tal como lo había planificado, Hortensia, la viuda, se sintió interesada por alguien que escribía versos en Radilla, *rara avis* en un pueblo asilvestrado y maloliente. Quedaron en verse por la tarde, en casa de la viuda, fácil de encontrar, porque se hallaba a pocos pasos de la iglesia.

—Traiga alguno de sus poemas —le pidió Hortensia.

Pedro no había escrito en su vida un solo verso. Necesitaba un plan de actuación. Y entonces recordó a Nunila, con quien había tenido lo más parecido a lo que podía ser una experiencia amorosa, y pensó en aderezar una suerte de comportamiento con Hortensia similar al de Nunila con él. Evitaría hablar de poesía a toda costa, pero, si no lo podía evitar, tendría que salir del paso como fuera.

Fue lo primero por lo que se interesó Hortensia, tras el saludo inicial, antes incluso de invitarle a un café. La viuda no aceptó con agrado la mentira de Pedro. A pesar de todo, ofreció un café al impostor y se sirvió ella otro. Mientras sorbía el suyo, Pedro estaba planeando en qué momento iniciar la batalla. Pero no tuvo necesidad de estrategia alguna porque Hortensia, una vez consumidos los cafés, se levantó de su sillón, pasó a sentarse al lado de Pedro, en la *chaise longue* forrada de cretona, apoyó las manos en los hombros de su compañero y le dio un beso cuyo ardor hizo trastabillar todo el cuerpo del falso poeta. Y desbarató enteramente la estrategia que Pedro había ideado con tanto cuidado, cuando prosiguió y continuó y remató por completo la pugna que ella misma había iniciado.

Así comenzó una relación que acabó con la misma rapidez con la que se había iniciado. Huyendo de una realidad nauseabunda y de la gente del pueblo donde vivía y había nacido, Hortensia se había visto atraída por una entelequia. A ella se aferró aun después de conocer enseguida la despreciable invención de Pedro, atribuyéndose un oficio que se hallaba en las antípodas de su forma de ser. Y nada le hubiese importado su mentira y sus silencios si se hubiese visto correspondida por la amabilidad de una leve sonrisa, por la caricia de un beso o por el roce furtivo de una mano. En breve tiempo advirtió que no había ningún afecto en el corazón, ningún sentimiento en el alma del fingido vate. Cada mañana, cada tarde y cada noche Hortensia tropezaba con el alma de su compañero, gélida como un témpano. Ni un beso, ni un abrazo, ni una caricia, nada por lo que ella pudiera percibir que se hallaba en presencia de un ser querido.

Todo lo subordinaba a su obsesión por el dinero, que había pasado a ser definitivamente su pasión y su gloria, su poder y su orgullo, el sentido y el gozo de vivir, su futuro, su ardor y el origen de sus momentos de alegría; y la única fuente de su dolor, el temor a perderlo. Nada le importaban los hombres, la vida, la naturaleza, Dios. Cualquier conversación que pudiera iniciar durante las comidas versaba siempre sobre lo mismo, el dinero y sus circunstancias.

Hortensia lo soportó todavía durante algún tiempo, mientras tuvo la duda de saber a qué se debía su indiferencia pero, pasados unos meses, cuando tuvo la certeza de que Pedro no albergaba el menor afecto hacia ella y de que ese farsante amanerado y turbio aspiraba a ser, con el único y dudoso mérito de su petulancia, dueño de la fortuna que le había legado su marido, conseguida con tantos años de sufrimiento, lo echó de su casa como a un perro.

Pedro no pareció acusar el golpe. Se encerró de nuevo en su vivienda y repasó una vez más su dinero y sus activos. La vida en casa de la viuda había sido un paréntesis desafortunado, pero no desesperó. Como la araña en su rincón, acechó nuevas oportunidades. Fue entonces cuando aprendió a jugar a la bolsa, apostando por los valores más sólidos del mercado, con la ventaja de tener a su favor el tiempo y la seguridad de no necesitar venderlos nunca.

Habiéndose asesorado concienzudamente, diversificó sus inversiones y prestó dinero, a corto plazo y a un interés elevado, a gente sin solvencia para pedir préstamos a los bancos.

De vez en cuando pensaba en la muerte y concluía siempre esa meditación con la penosa consideración de que constituía el punto débil de su plan de vida. ¿A quién podía legar sus bienes, si no tenía familia? No tenía hermanos, sus padres habían muerto, no conocía a nadie de su familia que estuviese vivo. ¿Adónde iría a parar su fortuna? ¿Quién tenía derecho a disfrutarla?

Pero procuraba no dejarse llevar por estos pensamientos, que, por lo demás, se iban disipando a medida que repasaba, con ayuda de su viejo ordenador, cómo iba incrementándose su fortuna, de manera que el vetusto PC se fue convirtiendo en su amigo más fiel, capaz de hacerle olvidar los peores tragos que podía hacerle pasar una fortuna adversa.

Entre estos comenzó a tener prioridad un dolor que había comenzado a incomodarle hacía algún tiempo en la parte superior del abdomen, detrás del estómago. Este dolor se acompañaba de algunas décimas de fiebre y, en ocasiones, de ganas de vomitar. Por otro lado, a menudo padecía un dolor repentino de cabeza y notaba un pulso acelerado. Había perdido bastante peso y, en especial, músculo.

No le pareció nada importante. Sin embargo, a medida que pasaban los días los dolores y la pérdida de peso empezaron a preocuparle. Tras acudir a la consulta del médico de familia y ser sometido a las pruebas pertinentes, le fue diagnosticado un cáncer de páncreas. Su esperanza de vida se cifró entre seis y doce meses.

Era capaz de sobreponerse a los dolores y a la enfermedad. Pero lo más preocupante en esos últimos momentos en que veía disminuir día a día la salud de su cuerpo era tener que abandonar sus pobres ahorros e ignorar a quién irían a parar. Él no iba a donarlos a nadie. De eso estaba seguro.

Había colocado en una silla su viejo compañero electrónico, eternamente enchufado —el único gasto superfluo que se permitía—, al lado de la cama, desde donde podía ver, y casi tocar, con frecuencia cada vez mayor a medida que se iba acercando su solitario fin, el detalle de sus bienes expresado en una página de Excel.

Antes de morir, todavía tuvo tiempo de imaginar que lo encontrarían en la cama, con la mirada vacía clavada en la pantalla del ordenador, pero no se atrevió a sospechar que la página en la que quedaría paralizado el viejo aparato electrónico resumiría muy bien su infecunda avaricia; ni que, sumándose a la hediondez ambiental, su cuerpo descompuesto, colmando la habitación de una fetidez nauseabunda, y su alma, rezumando el hedor repulsivo de la avaricia, obligarían a taparse la nariz a quienes se atrevieran a penetrar en el aposento.

Por una burla del destino, siendo en vida su mayor preocupación que nadie pudiese beneficiarse de su fortuna, a su muerte dos millones setecientos mil quinientos treinta y cinco euros se incorporaron al patrimonio de Hacienda, para beneficio, en principio, de todos los ciudadanos.

# Párkinson

El viento que sopla sobre el monte rocoso en el que se asienta Villerón impide el nacimiento de la primavera y del verano, de modo que las estaciones quedan reducidas a días de otoño o de invierno, en cualquier momento del año, según la intensidad de su soplo. Ese viento no permite crecer en las lomas alrededor del monte pétreo otras plantas que ciertas aliagas que, nacidas bajo las embestidas de ese viento desolador, se hacen tan resistentes que incluso con caballos tienen dificultad para arrancarlas, y solo lo logran sometiendo a las bestias a horrendas palabras malsonantes, que enardecen su vigor. Las aliagas florecen un solo día al año —en que su perfume se desparrama hasta el horizonte—, para lo cual se obstinan en comprometer todo su empeño vegetativo en aguantar las acometidas de ese viento arrollador que, con todo, acaba por barrer sus flores al final de la jornada.

Ni siquiera las aves se atreven a morar en el pueblo, si no son unos pajarracos completamente negros, de proporciones mucho mayores que los cuervos, a los que se parecen. Duermen por la noche en una especie de hornacinas que la erosión ha excavado en las rocas y pasan el día volando en el cielo de dos en dos, o de tres en tres, y bajando al suelo solo cuando divisan algún gusano con el que alimentarse.

Los pocos habitantes de Villerón moran en casas bajas de piedra o preferentemente bajo tierra, para estar defendidos de ese voraz viento devastador que lucha contra toda desigualdad del terreno hasta alisar por completo la superficie. Habitualmente el viento sopla del Oeste, pero cuando lo hace del Este, dicen que empuja a pasear por la plaza, situada al lado de la iglesia, a todos cuantos se hallan tocados por una enfermedad neurológica, en especial los orates, marcados por el sello de Dios, "carne de Dios en la mitad del viento", como dice el poeta.

Yo nací en Villerón hace 72 años y siempre me ha gustado salir a la plaza en días tan señalados. Quizás he estado siempre marcado por el destino, dado que he terminado por contraer la enfermedad neurológica del párkinson, como también la contrajo mi padre y la contrajo mi abuelo.

Mi primera visita al especialista de neurología fue hace seis años. La doctora me atendió con mucha amabilidad. ¿Qué me pasaba? Poco a poco iba escribiendo cada día peor. Toda mi vida basada literalmente en las letras y ahora mi caligrafía dibujaba trazos cada vez más ilegibles. Y menos mal que me había ya jubilado; de lo contrario, ni siquiera me atrevería a garabatear en la pizarra ni a efectuar anotaciones en los cuadernos de trabajo de mis alumnos. Por mucho que me empeñara en escribir despacio y en hacer las letras del mismo tamaño, me había poseído un demonio que me obligaba a perfilar caracteres cada vez más diminutos hasta tornarse ilegibles, sin que pudiera remediarlo.

Me rogó que me levantara y se incorporó también ella. Luego, tras indicarme la camilla, me ordenó que me sentara y me hizo chocar lo más rápidamente que pudiera los dedos pulgar e índice de cada mano. Comprobó que me manejaba peor con la derecha. Luego me pidió que me pusiera de pie, ella se colocó detrás de mí y, tras avisarme de lo que me iba a hacer, me empujó hacia adelante. Trastabillé un poco, pero recuperé enseguida la posición estable. A continuación, me instó a que anduviese de un extremo a otro de la consulta; que lo repitiese; sentado en la silla, que me levantase a la mayor velocidad posible.

Me prescribió una resonancia magnética para "descartar lesiones vasculares en ganglios de la base". Esta dio como resultado: "Normalidad en el estudio realizado".

En la segunda visita, me dijo que tenía la impresión, aunque no estaba completamente segura de ello, de que padecía la enfermedad de Párkinson. Era la primera vez que había detectado en un paciente esta enfermedad por el deterioro de la escritura. No debía preocuparme en exceso. Se desconocía el origen del párkinson —y de momento no tenía curación— pero me podía asegurar que gozaría al menos de diez a doce años de una vida sin problemas, porque la farmacología estaba desarrollando medicinas cada vez más eficaces para retrasar los efectos de la enfermedad.

Tenía yo entonces 66 años. Así, pues, podía disfrutar de una "vida sin problemas" hasta los 76 o 78. Como ya he dicho, tengo ahora 72 y, por tanto, he reducido a la mitad, en el mejor de los casos, la esperanza de vida "cómoda". Eso teniendo en cuenta solo el párkinson, pero ya me habían aparecido antes otras goteras que habían ido filtrándose por el tejado permeable de la edad, de lo que puede dar una idea aproximada mi dieta farmacológica.

Tomo al día 11 pastillas: en el desayuno, cuatro, tres para el párkinson y una para calmar los nervios; en la comida, dos: una para la diabetes y otra para el párkinson; en la cena, otras cuatro: una para el párkinson, otra para la diabetes, una tercera para el colesterol y la cuarta para mantener fluida la sangre; finalmente, otra pastilla antes de acostarme, para conciliar el sueño.

Al principio me bastaba con un paseo diario de hora y media para mantener a raya párkinson y diabetes. Los fines de semana me acompaña Manuela, mi mujer, Un buen día me hizo notar que arrastraba los pies al andar. Ella, el alma infatigable y tierna de la familia, es también implacable devota de la estética. De la misma manera que no consiente que se hallen desocupados en la casa treinta centímetros de mobiliario sin merecer el gentil donaire de una maceta —o poco más de diez centímetros de pared sin el esplendor de un cuadro— se muestra inclemente a la hora de corregir en nuestras dos hijas y en mí mismo cualquier imperfección de nuestro decoro físico. Es emocionante que, teniendo tanto que corregir en mí, no desista jamás, a pesar, a veces, de mis protestas. De modo que, una vez que ella había advertido que no elevaba suficientemente los pies al andar, ya podía levantarlos o valerme de alguna astucia audaz, como toser con alboroto, si a pesar de todo decidía arrastrarlos, para que no advirtiera su deslizamiento rastrero. Cada día doy gracias a Dios por tener como compañera a este ángel a prueba de cualquier miseria humana.

Me levanto hacia las 8 de la mañana. Sin darme cuenta, voy desde el dormitorio a la cocina o al aseo, andando a pasitos muy cortos. Solo si está todavía en casa Manuela, o si pienso en ella, me esfuerzo en ampliar mis pasos, porque al adivinar su presencia tomo conciencia de mi ridícula proclividad.

También viene observando últimamente Manuela que mi caminar, lejos de resultar armonioso, es torpe y desigual; no logro andar de una forma totalmente erguida, tiendo a adelantar la cabeza y no estiro bien la cintura. Muestro, al andar, un braceo desequilibrado. Muchas veces me sorprendo moviendo uno de los dos brazos, mientras que mantengo parado el otro. A este respecto, me ha contado varias veces que, cuando comenzamos a salir, hace treinta y tantos años, un día en que ella estaba contemplando, después de despedirnos, cómo me alejaba, le había sorprendido verme progresar acompañando mis pasos con el braceo de uno solo de los brazos, mientras que el otro permanecía inútilmente pegado al lateral del cuerpo como una rémora indolente. Esta secuencia quedó muy grabada en su retina.

Raro es el día en que, cuando nos sentamos a la mesa, no me advierta que debo elevar la cabeza y mantener el torso erguido. "Algún día vas a dar con la nariz en el plato. Levanta esa cabeza", me dice. Me repite esta misma observación sobre todo cuando invitamos a comer a algún amigo o cuando somos nosotros los invitados. "Y haz el favor de sonreír. No sabes cómo cambia el aspecto de tu rostro y de toda tu figura cuando sonríes". Pero hay días en que no puedo hacerlo. Trato de pensar en situaciones cómicas y no hallo ninguna anécdota que alegre mi ánimo.

Y, sin embargo, hace aproximadamente un mes que, si hubiese sido capaz de reírme de mí mismo, me hubiese muerto de risa. Había notado hacía tiempo un bulto en el bajo vientre, al lado justamente del testículo izquierdo, que aparecía y desaparecía como los ojos del Guadiana. Pedí cita para el médico de familia, asegurándome de que fuese varón, pues la consulta era atendida por una médico y un médico. Cuando llegó la hora de mi cita y oí que mi nombre era pronunciado por una voz femenina, deseé que me tragase la tierra. Sacando fuerza de flaqueza, le hice saber el objeto de mi visita.

Me ordenó que me desnudara de cintura para abajo y que me tendiera sobre la camilla. Así quedé, sin siquiera la humilde protección de unos tristes calzoncillos. La doctora anduvo tocando por aquí y por allá, siempre muy cerca de la zona pudenda, y terminó su auscultación con la bajada y subida del prepucio —deduje que para satisfacer la insana curiosidad de comprobar si existía un ser viviente debajo de esa piel— y con lo que me pareció una bofetada despectiva al miembro.

—Creo que se trata de una hernia inguinal —dijo con voz insegura.

Esperé a que me ofreciera alguna información sobre el problema y, como no abrió los labios, sin mediar una palabra más, me vestí, pisándome la mano con la cremallera, dije un "Adiós" avergonzado y cerré la puerta por fuera.

Cuando conté a Manuela lo sucedido en la consulta, me consoló:

—Eso te ayudará a comprender mejor a las mujeres, que debemos abrirnos de piernas ante el ginecólogo, dejando a su observación y a su tacto nuestra más secreta intimidad.

Pasadas unas semanas, y viendo que el bulto iba a más, me acerqué al centro de salud, para asegurarme, eliminando esta vez toda posibilidad de error, de que me atendería el médico. Me senté en la sala de espera y, cuando me tocó el turno, salió a recibirme la doctora.

—Siéntese. Vamos a esperar al doctor, que me ha encargado que cuando viniese usted, le avisara. En un momento subirá, porque ya le he anunciado su presencia.

No habría trascurrido un minuto cuando apareció, en efecto, el doctor acompañado de una médico y una enfermera. Me rogó que me quedara de pie al lado de la camilla y me bajase pantalones y calzoncillos. "De un momento a otro llamarán también a las recepcionistas" temí. El doctor procedió a valorar el bulto aprisionándolo y soltándolo repetidas veces.

—Es una hernia inguinal —aseguró.

La médico que había entrado con él, que por el acento me pareció rumana, matizó el procedimiento de búsqueda:

—Para diagnosticar una hernia inguinal hay que tocar aquí de esta manera.

Había que extender los dedos índice y corazón, por una parte, y el pulgar, por otra, para formar una horquilla que era preciso encajar justamente entre el extremo del testículo izquierdo y la ingle para apreciar la forma del bulto.

—¿Cómo? —preguntó para mi desdicha el doctor.

La doctora rumana repitió la búsqueda. Lo hizo de manera concienzuda, atenazando la horquilla con el vigor de alguien acostumbrado a la rudeza de los Cárpatos, y respondiendo a las miradas de sus interlocutores con el desafío de sus ojos azules y fríos, que reflejaban el orgullo de poder proporcionar una explicación tan pragmática. A continuación probó suerte el doctor, quien, una vez comprobada de manera fehaciente la teoría y consciente de lo que un conocimiento práctico tan aquilatado podía representar también para sus colegas, invitó a la otra doctora y a la enfermera a realizar la búsqueda de la manera ortodoxa. "Para no desaprovechar la ocasión, van a constituir turnos con todos los médicos y enfermeros del centro a fin de que no quede nadie sin enterarse de la manera ortodoxa de reconocer una hernia inguinal", pensé.

En mi última visita a la neuróloga, esta me recomendó acompañar la ingestión de las pastillas con la bebida de mucha agua, en especial las que tomo con el desayuno y con la comida —no tanto en el caso de las pastillas de la cena, a fin de evitar las visitas nocturnas al baño—. El agua favorece la disolución de las pastillas, lo que es conveniente que se produzca con rapidez, dado que nunca es posible asegurar cómo interactúan unas con otras. De ahí que tanto antes del desayuno como de la comida procuro ingerir medio litro de agua.

Estoy convencido de que, sin el concurso de la medicina, la mayor aportación con que puedo contribuir a que se retrasen los efectos más nocivos de mi enfermedad es el ejercicio físico. Este es el tercer año que me he apuntado a un grupo de gimnasia para personas mayores en el polideportivo de Villerón. Hago gimnasia martes y jueves. Los demás días de la semana paseo en torno a una hora y veinte minutos, que es el tiempo que invierto en recorrer unos seis kilómetros y medio.

No estaba acostumbrado a convivir en el seno de un grupo humano que, siendo tan numeroso, 30 personas —26 mujeres y 4 hombres—, sea capaz de coexistir con un grado de cohesión tan armonioso como este. Se disfruta en su interior de una tolerancia acrisolada en la vasija del tiempo, de una amabilidad sincera, de la preocupación más desinteresada por los demás colegas y por el deseo de agradar y suprimir cualquier arista que pudiera rozar levemente la piel lacerada de cualquiera de los integrantes. ¡Cuánto dolor y cuánta pesadumbre habremos acumulado a lo largo de nuestras vidas cada uno de nosotros como para no saber por puro instinto de supervivencia que la mejor manera de vivir momentos de felicidad es hacer lo posible por la dicha de los demás!

De cualquier manera, debo confesar que los ejercicios que más dificultad me plantean son los que se basan en el control del equilibrio corporal. No acierto a sostenerme con un pie mientras elevo el otro, no sincronizo bien el movimiento de brazos y, si cierro los ojos, me siento perdido.

Por otra parte, me ha disminuido de manera considerable la masa muscular y me temo que no será posible recuperarla. Por cierto, no será mi primo Enrique, médico, quien me saque de dudas, porque, al comentarle este extremo y el hecho de que cada vez me falta más el aire al andar, me expuso su teoría de que cada ser vivo tiene marcada la muerte en sus genes. También los astros tienen señalada su fecha de caducidad. Mueren los hombres y mueren los astros, de modo que el destino del mundo es inapelable. Me vi obligado a agradecerle la sinceridad, así como la oportunidad de su exposición metafísica.

Mis manos —tanto el conjunto de la mano como cada uno de los dedos— se han convertido en torpes instrumentos para ejercer fuerza o reiterar movimientos. Si debo ejercer cierta presión, se apodera de ellas un temblor enervante que me incapacita para realizar cualquier tarea con rapidez y eficacia. A la hora de preparar los ingredientes de una paella, puedo entrar en una crisis de desesperación tan solo por el hecho de intentar partir unas rodajas de congrio que, por un lado, se escurren de la mano izquierda que sujeta la pieza y, por otro, se resisten al corte que intenta efectuar la mano derecha, con el cuchillo, por la dureza de su piel y la fortaleza de su raspa. Sucede lo mismo cuando me lavo las manos, cuando trato de peinarme, cuando tengo que abrocharme la camisa o subirme los pantalones o al ponerme una cazadora o una chaqueta. Soy extraordinariamente inhábil para efectuar cualquiera de estos gestos.

A la hora de escribir con el teclado del ordenador, tengo serias dificultades para ejercer sobre las teclas una presión suficiente y equilibrada con los distintos dedos. Por una parte, cuando no presiono lo bastante una tecla no aparece en pantalla la letra y, por otra, cuando mi torpeza me impide soltar con el ritmo preciso la tecla, la letra correspondiente se repite una o varias veces, de modo que avanzo con mucha lentitud, ya que debo corregir palabras en todas las líneas.

Ignoro el motivo, pero lo cierto es que tengo más fuerza con unos dedos que con otros y, en general, soy diestro, por lo que me muestro más hábil con la mano derecha que con la izquierda, aunque a veces sucede lo contrario. Cuando pongo especial empeño en no equivocarme, escojo escribir solo con el pulgar y el índice de ambas manos.

Se han visto mermadas gran parte de mis habilidades sociales. Mi voz se ha amortiguado, mi lengua está como trabada y no logro expresarme con calma, actúo como si tuviera prisa en manifestar mi pensamiento. Estando en una reunión, aunque sea con amigos, hablo tan premiosamente y con voz tan baja que dejan de atenderme. Hay días en que parece que ha resucitado mi voz y logro comunicarme con los nervios calmados, pero enseguida vuelvo a las andadas. Se trata de un fenómeno que no logro controlar y constituye una fuente de desasosiego. Por si fuera poco, después de esperar mi turno para hablar, frecuentemente se me ha ido de la cabeza la idea que deseaba exponer.

Por otro lado, me cuesta, también por mi torpeza, comer con urbanidad. No me siento bien a la mesa, como los demás. He perdido la necesaria destreza para manejar los cubiertos, en especial a la hora de llevarme los alimentos a la boca. Los cojo mal, enfilo desaliñadamente la cuchara o el tenedor para dirigirlos correctamente, de modo que se me cae muy a menudo la comida en el plato o, lo que es peor, en la mesa o en el suelo.

A la hora de acostarme, tengo dificultad para hallar una postura cómoda en la cama. A veces desespero a Manuela porque no acabo nunca de quedarme quieto y paso buen rato buscando acomodo en la cama. Con todo, como hace unos cuantos meses que tomo, poco antes de acostarme, una pastilla para dormir, procuro permanecer quieto para facilitar el sueño. Si olvido tomar la pastilla, tardo en dormirme y me despierto varias veces a lo largo de la noche.

Cualquier incidente me pone nervioso: que me lleven la contraria, que tenga que abrir un tetrabrik de leche y esté algo duro de desenroscar, que trate de ponerme una camisa y los ojales ofrezcan resistencia a acoger a los botones; que, a la hora de vestirme una chaqueta, no pueda hallar fácilmente la segunda manga…

Me pesa la cabeza. Como si me hubieran practicado unos puntos de soldadura para unir cuello, cabeza y tronco, los tengo tan sólidamente pegados que ninguno posee movimiento propio, sino que se mueven conjuntamente, como los de un autómata.

En ocasiones, cada vez más a menudo, siento en la cabeza un zumbido que me aísla del mundo. A medida que va avanzando la tarde, me encuentro más torpe y deseo estar alejado de toda relación de intercomunicación que me obligue a pensar en qué tengo que decir para mantener las normas de convivencia, porque me cuesta tanto hablar que prefiero no conversar con nadie, ni con mis propias hijas.

Noto una y otra vez ese nudo en el cuello y miles de hormigas, o abejas, que vuelan dentro de mis oídos a la vez, teniendo que defenderme moviendo la cabeza como Dios me da a entender, para recuperar soltura en el cuello.

Hoy no he tenido un buen día. Como casi siempre en Villerón, tampoco hoy ha acompañado el tiempo. Ha hecho una noche de perros y un día de crudo invierno. Me han despertado esos cuervos grandes alborotando con sus graznidos. Me he asomado a la terraza de nuestra casa, asentada en la cumbre del roquedo y los he visto avanzar hacia el Oeste dejándose llevar por el viento solano que pasaba ululando como lobo abrumado por la soledad. He pensado en quedarme en casa leyendo, pero de pronto me he sentido arrebatado yo también por el viento y he decidido salir a la plaza. Allí estaban ya Cristóbal, paseando su alzhéimer, y Andrés, sentado en el atrio de la iglesia, aquejado también de alzhéimer. Yo era el último que faltaba, habiéndonos dejado ya Paquita, Melquíades, Roberto y Nicanor. Me he puesto a dar vueltas por la plaza, protegido del viento por la iglesia, mientras Cristóbal me miraba una y otra vez sin reconocerme, seguido de cerca por su mujer. He incurrido en los pasitos cortos, en ese andar con la cabeza caída, en todos los defectos en que suelo incidir, sin que nadie me haya corregido. ¡Cómo la he echado de menos, cómo he sentido la lejanía de Manuela, que ha bajado al valle para hacer las compras de la semana y visitar a nuestra hija Martina! ¡Cómo no la voy a añorar, si me entristezco cuando está por la casa y no la veo, y le pido que cante para que pueda perseguir su voz, y no vivo si ella no está presente, y su ausencia es la muerte!

# Retraso del tren

Mendiguala es un importante nudo ferroviario. Para acceder a esta población por vía férrea es preciso salvar los obstáculos orográficos de una naturaleza particularmente escarpada, de modo que los trenes que proceden del Oeste llegan a ella después de atravesar un desfiladero que se abre en el fondo de la sierra de la Caleña, tan angosto que no permite la doble vía, por lo que los trenes que provienen del Este tienen que dar un rodeo a través del bosque del Troncal. Tanto un trayecto como otro fueron trazados por la necesidad de dar salida al transporte de la importante industria maderera que floreció en la segunda mitad del siglo XX en toda la zona del bajo Mosero.

A excepción de los huéspedes ocasionales y del personal de los cinco hoteles con que cuenta Mendiguala, así como de los dueños de pequeñas tiendas de ultramarinos y de algunos funcionarios de la Administración, todos los moradores de esta notable villa son ferroviarios. El amor a su profesión y el orgullo de compartir esta noble dedicación han sido, al parecer, la causa de que los nativos de Mendiguala muestren manifiesta proclividad hacia la endogamia, hasta el punto de que han comenzado a aparecer enfermedades ligadas a este fenómeno.

Sin embargo, Nicolás no tenía esa inclinación. No era endogámico, pero tampoco exogámico. Simplemente su vida había transcurrido hasta el momento sin necesidad del otro sexo. Tampoco era un misántropo, a pesar de que hasta el momento no había hecho amigos. Su desinterés por los seres humanos no había que buscarlo en extrañas concepciones ideológicas. No tenía dificultad en comunicarse con los demás, pero se le hacía engorroso e innecesario estampar en sus acciones la impronta de su interés y de su afecto. Los hombres eran para él un objeto más con el que había que contar para conducirse por la vida.

Por lo demás, Nicolás era de las pocas personas que, siendo de Mendiguala, no solamente había salido de su pueblo, sino incluso del país, por el empeño de su padre por que estudiase inglés.

Ahora tenía 37 años y una vida anodina, en la que el único hecho relevante, por encima de sus estudios universitarios, había sido ganar, cuando estudiaba en la escuela primaria, un concurso de pintura por el que le otorgaron el premio de una bolsa de caramelos de casi un kilo. Su cuadro reproducía una casa a todo color, en la que destacaba una palmera que se erguía delante de la mansión, a su izquierda. El cuadro premiado lo había copiado pacientemente de una lámina que le había proporcionado la propia maestra. Y tenía el vago recuerdo de que también ella había intervenido en la ejecución de la obra más meritoria de su existencia. Por uno de esos vaivenes y hasta contradicciones en que incurre con frecuencia la vida, pocos años después, estando ya estudiando en el IES "Padre Bartolomé de las Casas" de Alisca, el mundo se le vino encima a Nicolás, ya en la primera clase de Plástica, cuando, habiendo colocado el profesor una silla sobre su mesa, ordenó a los alumnos que la copiasen y, al cabo de un buen rato, deteniéndose detrás de Nicolás, aseveró con una voz atronadora que no se compadecía con el timbre melodioso que cabe imaginar en un profesor de Plástica: "Eres la negación del arte".

Esa noche Nicolás lloró al acostarse.

Entonces modificó sus preferencias artísticas. Poco antes de enviarlo a Bristol su padre, Nicolás confesó, durante una comida, que le gustaría consagrarse a la música, ocupación que, según sus palabras, era "una de las cosas más bellas que un hombre puede soñar". Es lo único que pudo decir, porque su padre, autodidacta en materia de formación, zanjó la cuestión de un plumazo:

—Ningún hijo mío estudiará cosas inútiles —dijo.

Y como advirtiera que no le había convencido por completo, extremó sus dotes pedagógicas con un razonamiento definitivo:

—Y no insistas, o llevas un tortazo.

Por lo visto, su futuro no conducía al arte. En realidad su futuro no pasaba, si era su padre quien tenía que decidirlo, por ninguna "mariconada" de letras. Y ciertamente, por lo demás, no le gustaban ni las lenguas, ni la Historia, ni la Geografía, ni la Filosofía…, no le gustaban las letras; pero tampoco despertaban su entusiasmo las ciencias. En realidad no le gustaba nada, no quería estudiar, aunque advirtió enseguida que esa posibilidad no figuraría entre las opciones de futuro que barajaba para él su padre.

Pero sucedió lo que en modo alguno era previsible. Mostrando una determinación que no parecía haber formado parte hasta entonces de sus genes, cuando Nicolás regresó de Bristol decidió estudiar algo que su padre consideraba más inútil todavía que la música: la literatura. Y con el empecinamiento de los amores prohibidos, puso en ello una pasión de la que nunca antes había dado muestra. Se marchó de casa sin despedirse y se fue a vivir a San Eugenio de la Torre con su tía Asunta, viuda, hermana de su madre, que vivía sola en una lujosa casa que había heredado de su marido, y que lo recibió de mil amores. Esta insólita salida de la casa paterna le hizo romper todo lazo con su padre, quien juró por sus muertos que no iba a ver ni un solo duro para sufragar esos estudios infecundos.

En cinco años concluyó la licenciatura.

Ni cursando el bachillerato en Bristol, ni estudiando Filología española en San Eugenio de la Torre mantuvo relación con mujer. Si alguna vez se sorprendía pensando en su abstinencia femenina, no encontraba razón aparente que la explicase. Simplemente había pasado. Ni odiaba a las mujeres ni las había necesitado.

Recordaba a una compañera de facultad, cuyo nombre había olvidado sin remedio, que solía ponerse a su lado en clase. Nunca había sabido —ni le había preocupado saber— si estaba interesada por él. Lo cierto es que cada vez que se sentaba a su lado acababa por confesarle que su padre tenía una fábrica de embutidos en Radilla. Se lo había dicho con todas las variantes estilísticas y a propósito de los más disparatados vericuetos de una conversación que iniciaba siempre ella, hilando con algún detalle de la explicación del profesor. Cuando el profesor de Gramática comparó el estilo directo con el indirecto, ella engarzó arteramente su muletilla:

—Por ejemplo —le explicó la hija del chacinero—, la expresión *Mi padre dijo: "Tengo una fábrica de embutidos en Radilla"* es estilo directo; mientras que *Mi padre dijo que tenía una fábrica de embutidos en Radilla* es estilo indirecto.

¡Qué manera de hacer el ridículo!

Por otro lado, no llegaba a creer que esas historias de amor y de muerte, al estilo de las locuras que cometían en la ficción Calixto y Melibea, o Romeo y Julieta, pudieran tener reflejo en la vida real. Nunca había conocido a ninguna persona por cuyo amor mereciese la pena perder la vida. A fuer de ser sincero, le parecía mucho más real, y entendía mejor, la codicia de sus sirvientes. Y lo que llegaba a desesperarle es que ninguno de los amantes diese un palo al agua. Si no fuera porque todos terminaban muriendo, ¿qué mejor vida que esa?

Como sucede a menudo, para explicar su modo de proceder en la vida fraguó una ideología en la que sustentarlo. Estaban, sin duda, equivocados quienes creían que todo adulto necesita convivir con una persona del otro sexo. Él estaba convencido de que no merecía la pena hacerlo si la pasión le alteraba el equilibrio. No es que le repugnasen las mujeres. Lejos de ello, no le hubiese importado mantener cierta relación con más de una, pero a lo que tenía pánico era a verse sojuzgado sin ton ni son para el resto de sus días por una de ellas, sorbido el seso y desequilibrada su razón por ella, como sucedía a muchos hombres a los que él conocía.

En la ficción literaria se daba por supuesto que hombres y mujeres anduviesen enzarzados en amores tempestuosos que les reportaban un constante desasosiego. Hasta los pastores penaban por pastoras de cabellos de oro y cuerpos garridos, cuando nunca habían existido en la realidad las pastoras de las églogas o de las novelas pastoriles.

En opinión de Nicolás, el mundo real era mucho menos divertido y apasionado que el de la ficción pero más sencillo y seguro. A nadie se le obligaba a servir a una dama y a importunarla continuamente con cumplidos, porque ese no era un comportamiento de verdad juicioso, aunque hubiese zánganos sin otro quehacer que entregarse a estos estereotipos vacíos de contenido.

Sumido en meditaciones tan trascendentales, a lo largo y ancho de los cinco años de carrera y tres años más, de estrambote, de devaneos literarios, sin advertir que él mismo se comportaba de la misma manera que los personajes de ficción cuya inutilidad reprobaba, le sorprendió que su tía Asunta, considerando que su sobrino podía pasar la vida entera como los ocho años que llevaba en su casa, sin lograr sacar el menor rendimiento económico a la devoradora pasión literaria que le embargaba, le diera tres meses de plazo para encontrar un empleo remunerado a fin de sufragar sus gastos o, de lo contrario, con mucho sentimiento, tendrían que despedirse.

Entonces Nicolás recurrió a su tío Víctor José, director de una sucursal de banco en San Eugenio de la Torre, quien le ofreció el trabajo de cajero en la sucursal, lo que ocasionó la crítica velada de los sindicalistas de la banca.

Previendo que, por lo vivido hasta entonces, tampoco en el futuro necesitaría mucho espacio para albergar sus libros y desplazar su cuerpo unos metros, alquiló un apartamento pequeño en las afueras de Mendiguala y trasladó a él sus pocos enseres.

Su vida se hizo monótona y previsible. Sus entradas y salidas del apartamento eran de una regularidad teutona, y su trabajo en el banco no le proporcionaba otra emoción que la de escuchar las desabridas quejas de clientes avaros, forrados de un estúpido dinero superfluo, o las tímidas lamentaciones de humildes titulares de cuentas raquíticas quejosos de no poder llegar apenas a fin de mes.

Todo cambió el día en que, dando un paseo por la estación de ferrocarril, vio descender de un tren de pasajeros, que acababa de efectuar su parada, a una mujer cuyos rasgos creyó reconocer, no con excesiva seguridad. Cuando se acercó un poco, la mujer levantó los brazos y, gritando un nombre que Nicolás no identificó, se puso a correr alborozada, arrastrando a duras penas una maleta. Al llegar a la altura de Nicolás, se le echó al cuello, le dio varios besos en la boca, que él admitió aturdido, y gritó entusiasmada:

—¡Qué alegría! ¿Hace mucho tiempo que estabas esperando? Siento mucho el retraso del tren. Vamos corriendo a casa, cariño.

Nicolás se vio portando la maleta y caminando a paso acelerado por las aceras, sin salir de su asombro.

Le había parecido en un principio la heredera de la fábrica de embutidos de Radilla, pero ahora, marchando a través de las calles con ella y su maleta colgadas de uno y otro brazo, tuvo la evidencia de que su efusiva acompañante era para él una realidad absolutamente ignota.

Su grado de extrañeza y ensimismamiento era tal que la inercia le condujo a su apartamento, sin plantearse siquiera otra alternativa. Eran las tres de la tarde. Una vez en el piso, ella buscó por los armarios de la cocina e indagó en el frigorífico y, en un momento preparó una verdura y unos trozos de lomo, que sirvió en la mesa de la propia cocina. Al acabar la comida, introdujo en el lavavajillas cubiertos y platos y lo echó a andar.

Nicolás asistía al desempeño de "su mujer" con creciente curiosidad, más bien atraído, y hasta fascinado, por su arrojo, conocimiento, diríase profesional, y… por su físico, cuyos matices tuvo ocasión de valorar aquella misma noche. Su deslumbramiento llegó a un límite insospechado cuando en la cúspide del arrebato pasional, ella comenzó a repetir gritando un "¡Nicolás!" desgarrador y no aprendido, según todas las apariencias.

Rendido a los valores de su inesperada compañera, le fue desvelando todos los detalles de su biografía. Lo hizo respetando la tácita convención de que constituían una pareja con una tradición acrisolada, aludiendo al pasado con una diacronía exacta, sin mezclar en un principio acontecimientos pasados y presentes, y haciéndolo más tarde, para construir un pasado común sólido.

Ella, por su parte, mostró también un cuidado exquisito en pergeñar los datos más señalados de su vida, comenzando por una ingeniosa manera de hacerle saber su nombre.

El día después de conocerse salieron por la tarde a dar un paseo por la orilla del río. En el camino, al lado de un huerto vallado con una pared de piedra, se hallaba una serpiente pequeña que ella dijo no conocer y que Nicolás identificó como víbora.

—¡Qué tonta eres, Susana! —exclamó ella golpeándose con la palma de la mano la frente— Ya me lo decía mi padre: "Cabeza triangular, víbora sin dudar".

Saber el nombre de las cosas, poder nombrarlas, es el primer paso para llegar a conocerlas, de manera que, desde el encuentro fortuito con la víbora, al placer de llamarse por sus nombres se fue añadiendo poco a poco un conocimiento mutuo, que se iba transformando poco a poco en un mayor afecto.

Por otro lado, eludían mencionar la extraña forma de haberse conocido, por temor a descubrir en el otro un pasado irregular; pero, a medida que iba pasando el tiempo, era sobre todo la manera de manifestar la confianza mutua, al renunciar ambos a saber nada del pasado del otro. Era también aceptar, a pie juntillas, lo que cada uno confesaba de sí mismo. Sin hacer preguntas, sin curiosidad malsana. Pero constituía además una forma de construir, o de corregir, un pasado limpio, crear un presente sin mácula y proyectar un futuro prometedor.

De su pasado Nicolás escogió la bizarra rebelión contra su padre, cuyos efectos todavía continuaba soportando, las clases de literatura del Siglo de Oro, en especial sobre Quevedo, en la facultad de Filología española, el premio de casi un kilo de caramelos por su casa con palmera realizada con apenas seis años. Y olvidó la estancia de ocho años en casa de su tía Asunta, que era la representación más conspicua de su derrota, la iracundia vehemente de su padre y, sobre todo, el bochorno que había soportado a causa del grito intempestivo del profesor de Plástica, que todavía resonaba en sus oídos: "Eres la negación del arte".

Por su parte, Susana había escogido como mallazo de su pasado unos cuantos trazos seleccionados con mucho cuidado.

El recuerdo más antiguo de su niñez tenía que ver con una noche incipiente, un tronco grueso y muy largo de roble sobre el que estaban sentadas las dos hermanas de su madre, su propia madre y ella misma contemplando un cielo henchido de estrellas en que brillaba por encima de todas la diosa Venus.

—¿La ves, Susana? —dijo tía Beatriz— Luce entre todas porque, aun siendo diosa, es más humilde que las demás y ocupa su lugar en la parte baja del cielo; por eso, al estar la más cercana a nosotros, la vemos brillar con mayor intensidad.

"Muchos años después", prosiguió Susana, "al volver al mismo sitio, privado de la viga de roble, de estrellas, de mamá, tías y la magia de la niñez, el lugar me pareció, sin duda, bonito pero mucho menos grandioso y encantador".

Otro recuerdo que cuadraba a su selección biográfica era el de Kimba, la entrañable perrita de su niñez. Era grande y tierna, de color marrón claro con vetas blancas. Jamás empezaba a comer sin la previa ración de unas caricias. Contradiciendo la expresión "Se llevan como el perro y el gato", para significar la enemistad manifiesta que muestran entre sí dos personas, a Kimba y Bigotes, el gato, les gustaba jugar juntos. Era un espectáculo inusual contemplar a Bigotes durmiendo en el lomo de Kimba y enternecedor ver correr por todo el jardín a Bigotes y, detrás de él, a Kimba, hasta que lo cazaba y entonces llevaba con un cuidado exquisito el delicado cuerpo del gato, colgado de su enorme boca, correteando por el jardín. Con sus grandes ojazos negros y el aire triste de los perros, Kimba era tan bella y fotogénica, que, como sucede con el mar, cualquier imagen colocada a su lado se hacía copartícipe de su hermosura y dignidad.

Cuando Susana tuvo edad para conducir, hizo posible cumplir un deseo que habían tenido siempre sus padres, dar una vuelta por todo el litoral del Norte. Alquilaron un coche y visitaron las ciudades costeras con más encanto. Nunca había visto a su padre con un entusiasmo semejante. Se metía en el mar, corría, nadaba y daba la impresión de que había regresado a la niñez. Al entrar y al salir de los hoteles, extendía el brazo por encima del mostrador para estrechar la mano del recepcionista.

—Si no les das propina, maldita la gracia que les hace que los saludes con un apretón de manos —le decía una y otra vez su madre.

Pero, siendo su padre de natural ceremonioso, no le hacían mella estas observaciones de su mujer, que él atribuía a carencia de mundo.

Nunca antes sus padres habían disfrutado juntos de unas vacaciones y menos acompañados de una hija que los llevaba y los traía adonde ellos quisieran.

—Nadie puede imaginar la alegría que representó para ellos —comentó Susana— disfrutar de quince días de asueto, en compañía de su hija. Después de jamás haber hecho otra cosa que trabajar, fueron los días más felices de su vida.

Uno de los momentos más tristes de Susana había sido la muerte de Celina, su mejor amiga. Durante la niñez, había vivido la muerte de un hermano de su madre como una especie de mal sueño que todo el mundo a su alrededor se empeñó en hacerle olvidar y que, pasados algunos días, efectivamente olvidó. Al menos ya no le hería su recuerdo. Pero con Celina había compartido lo más grueso del caudal de sus días, habían sido compañeras de la escuela y del instituto, habían tocado la guitarra los domingos en la iglesia parroquial, habían tenido las mismas aspiraciones, habían vibrado con las mismas cosas, y cuántas veces habían también llorado juntas… Y un buen día, después de tres meses de enfermedad, había muerto. La había visto en el tanatorio, la había tocado y le había hablado: "¿Dónde se podría enchufarte nuevamente a la vida", le dijo llorando a lágrima viva, porque daba la impresión de que alguien la hubiera desconectado, a la fuerza, de la corriente de la vida, pues era imposible que ella se hubiera marchado sola. Tenía tantas ganas de vivir...

Ignoraba por qué estaba atada al recuerdo de una tarde de mayo esplendente, caminando, junto a Celina, una vereda limpia, pisando el verdor de la hierba recién estrenada, con el sonido del agua que se atropellaba a ambos lados del camino. Vestía una blusa blanca y una falda roja. Susana le sacó una foto a la que siempre había honrado con el lugar preferente de su habitación. Y respirando felices la fragancia de mil plantas aromáticas, se sintieron dueñas de la vida que se ofrecía a sus pies y se abrazaron con emoción.

Pasados unos meses, sucedió un incidente que habría de mejorar sustancialmente la economía doméstica de Susana y Nicolás. Estando un día contemplando la televisión, ambos corrigieron a la vez la fonética de una palabra inglesa mal pronunciada por un entrevistador.

—No sabía que hablases inglés —dijo Susana.

Si Nicolás había estudiado el bachillerato en Inglaterra, Susana había vivido tres años en Irlanda. Proyectaron montar una pequeña academia en su propia casa. Comenzaron modestamente con unos pocos alumnos. A los tres meses de su fundación la *Academia Británica* se vio obligada a alquilar un local más amplio capaz de acoger toda la demanda, lo cual permitió a Nicolás abandonar su tedioso oficio en la sucursal bancaria dirigida por su tío.

Los fines de semana se desplazaban en coche por el mero placer del viaje, o bien por visitar lugares de las cercanías privilegiados por una naturaleza llamativa, y planearon para las vacaciones de verano de los próximos años periplos extraordinarios a todos los puntos de interés del mundo, confiados en establecer una tupida red de recuerdos comunes.

Al paso de los días, Susana y Nicolás habían construido un pasado común casi compacto, porque cada uno conseguía recordar y, con un empeño obstinado de la imaginación, revivir incluso, los hitos fundamentales y hasta las nostalgias del otro, todo ello sostenido por un afecto mutuo que no cesaba de crecer día a día.

Por compartir con sus convecinos el orgullo de servir al ferrocarril, los habitantes de Mendiguala tendían a un comportamiento endogámico. Por el contrario, el tren había regalado a Nicolás una viajera, probablemente de lejanas tierras, que iba a ser su gentil compañera. Nicolás lo agradeció, como de costumbre, con un modesto entusiasmo por los viajes esporádicos, promovidos siempre por Susana, hacia tierras distantes, en busca de parajes, países y geografías que añadir a sus recuerdos. Nadie hubiera sospechado que, tras tantos años de soledad inane, iba a llegar un día en el que no concibiera su futuro sino junto a uno de sus semejantes, no por su voluntad, sino por el solo imperio del destino. Pero todavía resultaba más insólito que ese mismo sino hubiese arbitrado, de forma tan gratuita, que la persona que se había introducido de rondón en su vida lo necesitase precisamente a él, que había rehusado siempre el más leve compromiso con otro ser humano.

**Morir habemos**

A tres kilómetros de Luxoria y a veinticinco de San Eugenio de la Torre, capital de la ruta del Mosero, se recuesta en la parte media de la loma de un picacho el pueblo de Arcontera, dominando una cuenca en la que el agua corre por doquier. Se despeña desde lo alto de la meseta que bordea al valle, con algarabía de mil sonidos cuyo eco se oye en toda la hondonada, para juntarse en lo más profundo, donde empieza a correr como río. Los arconteranos no admiten que exista en el mundo agua más limpia y saludable, habiendo sido purificada por su paso a través de cientos de estratos de roca y tierra del interior de la montaña, antes de saltar de ella y mostrarse después como una cinta de plata.

Rosana y Mario habían bebido muchas veces el agua cristalina que corría por cualquier lugar del valle, y hacía ya cuatro años que se habían dado el primer beso al lado de la fuente del Castillo, se habían prometido amor y conjurado a que, desde entonces, procurarían acudir, cada día a la misma hora, a beber de esa fuente, situada a unos quinientos metros por encima del pueblo. Habían podido cumplir la promesa hasta que les llegó la hora de ir a la Universidad, momento en que debieron desplazarse a San Eugenio de la Torre para estudiar una, Físicas y el otro, Ingeniería electrónica.

La fantasía popular atribuía a la civilización árabe las ruinas del castillo que daba su nombre a la fuente, así como la mágica aparición del agua en ese lugar, al parecer traída del interior de la propia montaña por ingeniería arábiga, antes de romper en lo alto. La misma imaginación popular se hacía transmisora, de una generación a otra, del castigo que recaería sobre quien incumpliese la promesa de amor realizada al amparo de la fuente.

Dicen que, al pasar de beber el agua límpida de Arcontera a la impura y fuertemente clorada de San Eugenio de la Torre, se fue enturbiando también la relación de la pareja. Pero lo que resulta evidente es que, en este proceso, intervino de manera decisiva la apostura de un aspirante a físico, Martín, del mismo curso y grupo que Rosana, que casualmente jamás había probado el agua de Arcontera, pero que estaba, en opinión de su compañera, quién sabe si quizá justamente por haber bebido aguas más impuras, "para comérselo rebozado con pan sin gluten" —pues era celiaca—, aunque el resto de las muchachas del grupo, a excepción de una diabética, que lo prefería "sin azúcares añadidos", optaba por comérselo "en su propio jugo".

Ambos centros universitarios, la Facultad de Física y la Escuela Superior de Ingeniería Electrónica, distaban al menos un kilómetro, aunque estaban situados en el mismo complejo universitario.

Habían estado viéndose todos los días. Mario se acercaba a la facultad de Física por la tarde, a eso de las siete, tomaban un café en el bar de la universidad y, dependiendo de sus urgencias académicas, daban o no una vuelta, antes de recluirse cada uno en su alojamiento respectivo.

Mario residía en un colegio mayor, y Rosana, en casa de una hermana de su madre. El colegio mayor estaba situado en el propio complejo universitario de San Eugenio de la Torre. Era una residencia para gente adinerada. Su precio resultaba tan prohibitivo que pesaba sobre quien moraba en ella un baldón de derrochador capitalista y fascistoide. En cuanto a la casa en la que se alojaba Rosana, la de su tía María, era una vivienda unifamiliar de tres pisos más sótano, que se había tornado demasiado grande para su única ocupante, dado que su marido había fallecido ya hacía veintitrés años y sus tres hijos estaban casados y vivían lejos de San Eugenio de la Torre. Vigilaba la casa Zakán, un precioso dogo alemán, que recorría día y noche el perímetro del jardín, vallado con piedra y seto. Cuando Carmela, la madre de Rosana, pidió a María una habitación para su hija, se le iluminó la mirada, recogió entusiasmada a su sobrina y podría decirse que con la habitación le entregó la casa entera y parte de su corazón.

No sabría decir Rosana en qué momento se había producido el vertido del vaso amoroso de Mario al de Martin. Cierto que muchas veces Rosana se quedaba esperando en un pasillo, en una clase, en el bar de la universidad, sin saber exactamente qué o a quién esperaba y, si aparecía Martín, su corazón daba un vuelco; cierto que muchas veces se sorprendían en clase mirándose furtivamente; cierto que, si dejaba flotar su imaginación o sus pensamientos, aparecía siempre en un lugar de su alma la silueta vaga de Martín; pero no se había dado cuenta con exactitud de cuándo había tenido lugar el trasvase de sentimientos.

Dio por consumado el cambio cuando, tras un intervalo de tres días sin haber visto a Mario, por tener este que estudiar para un examen, se había originado sin ella proponérselo, sin ni siquiera haber intervenido su voluntad, el fenómeno físico —y podía asegurar que incluso químico— de quedar imantada de forma inexorable por el aura de Martín. Sin remedio. Sin marcha atrás. La representación escénica tuvo lugar un viernes por la tarde, acabadas las clases, cuando se quedaron solos en el aula, y Martín se le acercó, le dijo un "Hola" almidonado y, sin mediar palabras, la abrazó y besó ardientemente. Se dieron la mano mientras salían del aula, cenaron juntos en un restaurante con comida para celíacos, bailaron en una discoteca y se despidieron con efusión, hacia las cuatro de la madrugada, junto a la casa de la tía de Rosana.

Durante algunas semanas Rosana pudo sortear los signos del desamor cuando se encontraba con Mario, pero cuando este le preguntó sin ambages qué estaba pasando, ella se echó a llorar y le pidió perdón por haberse enamorado de otro. Mario, que no esperaba ni podía comprender semejante traición, le rogó y le imploró y le suplicó que no lo abandonase a su suerte, después de haberse amado tanto y prometido y jurado y perjurado un cariño eterno, pero Rosana no se dejó llevar por una piedad peligrosa, que podría acabar por irritar al nuevo amante y por desesperar al viejo amor, y le advirtió, mientras le daba la espalda y se encaminaba hacia su casa, que esa era la última vez que se veían. Entonces él corrió a su encuentro y la señaló con el dedo índice de su mano derecha.

—Date por muerta, zorra —le dijo.

Rosana tardó varios meses en comentar con Martín el incidente y le rogó, cuando este se mostró dispuesto a ajustar cuentas con Mario, que se olvidara de lo que acababa de contarle, sobre todo habiendo pasado ya el tiempo suficiente para que su antiguo compañero hubiera dado alguna señal de vida y también para olvidarla.

Un sábado de mayo en que, cogidos de la cintura, Martín acompañaba a su casa a Rosana, al atravesar un paso de peatones un coche transitó a pocos centímetros de la pareja, y una voz que ambos desconocían gritó con timbre nítido: "Hermanos, morir habemos", y desapareció zigzagueante, como un fuego fatuo, de manera que no les fue posible ver ni rostros ni signo alguno que pudiera identificar el automóvil. Al formular en dependencia policial la denuncia, el agente que levantó el atestado no salía de su asombro:

—¿Pero ustedes no vieron una cara, el color del coche, la matrícula, el modelo?

Martín y Rosana respondieron negativamente.

—Vamos a ver, ¿están seguros de que la voz procedía del coche?

Asintieron con la cabeza.

—¿Y les dijo "Hermani, morir habemus?

—No —respondió enérgicamente Martín—. Dijo: "Hermanos, morir habemos"

—¿De dónde venían ustedes?

—De la discoteca *El culebrón*. Habíamos estado pasando el rato y bailando.

—Y bebiendo alguna copilla... —se atrevió a sugerir con sorna el agente.

—Alguna —admitió de mala gana Martín—, pero eso es lo que pasó, lo que le hemos contado.

—De modo —resumió el policía— que a las tres de la mañana pasó a su lado un coche incoloro, inodoro, trasparente, no vieron a ninguno de sus ocupantes y alguien les dijo esa jaculatoria. Es el tipo de denuncia que nos aclara totalmente lo que podemos hacer: ¡Nada!

Dio la impresión de que el agente ansiaba explayarse más, pero lo dejó ahí.

—Está bien, firmen su denuncia y la cursaré.

La firmaron y abandonaron la comisaría sin hablar del sentido de la "jaculatoria". Se atribuía, sin excesivo fundamento, a los monjes trapenses, aunque todo hace pensar que es una invención popular. Según esta, la primera tarea, al ingresar en la orden, era cavar su propia fosa, al borde de la cual rezaban a diario; y las únicas palabras que pronunciaban, al cruzarse un monje con otro, constituían un saludo lleno de optimismo: "Hermano, morir habemos", decía uno; y el otro le contestaba: "Ya lo sabemos". ¿Cómo le iban a contar historia tan animada al policía?

Cuando, pasados unos meses, Rosana tenía la convicción de que Mario la había olvidado, recibió una carta de su antiguo compañero. Aunque no llevaba remite, enseguida reconoció la letra. Dudó en abrirla, pero se impuso la curiosidad al dictado de la mente. Le sorprendió la mancha de sangre que dificultaba la lectura del texto, a pesar de lo cual fue capaz de leerla por entero.

*Querida Rosana: En primer lugar, deseo pedirte perdón por dirigirte esa amenaza absurda. Nunca he sido partidario de la violencia y, por supuesto, tampoco he empleado vocabulario procaz, pero ese día se me cayó el mundo encima cuando, sin sospechar en absoluto tu mudanza, me dijiste de repente que aquel era nuestro último encuentro porque me habías sustituido por otro. Te pido por mi amenaza y por mi insulto mil perdones. No habrá días suficientes para arrepentirme de esa acción y por haberte tratado con esa grosería.*

*Dicho esto, estarás de acuerdo conmigo en que yo no merecía tu desdén. Desde que te conocí, no existió nada en el mundo —ni padres, ni hermanos, ni amigos— que me desviara de tu figura, de ese rostro que me perseguía a todas partes, de ese amor que nos habíamos jurado para la eternidad sin límites y que fortalecíamos todos los días con nuestro beso junto a la fuente del Castillo. No ha habido nada humano ni divino que haya logrado separarme de ti.*

*Ahora no sé qué hacer en todo el día. En cuanto me despierto, solo pienso en ti y no soy capaz de arrancarte de mi mente. Estoy desorientado y perdido. No me aprovecha la comida, no tengo sed, mi cuerpo no sabe dónde meterse, mis manos no aciertan a tocar cosa que les agrade, nada me produce satisfacción, soy incapaz de concentrarme en el estudio, ya no voy a clase. ¿Cómo se lo cuento a mis padres?*

*Y me pregunto mil veces qué he hecho yo, qué delito he cometido para que me hayas aborrecido hasta tal punto y en tan poco tiempo. Me repito una y otra vez que yo he cumplido mi palabra, que no he quebrado jamás mi promesa, que no he roto nunca mi juramento.*

*No te molestaría si no tuviera necesidad absoluta de ti, te olvidaría de buen grado por hacerte feliz, si no resultara imposible, incluso me agradaría morir si no hiciera falta otra cosa que desearlo. ¿Has olvidado que siempre habíamos deseado morir juntos?*

*Déjame verte, por favor. Procuraré olvidarte poco a poco.*

Rosana le contestó con una breve nota:

*Si yo accediera a verte, sería infiel a Martín e intensificaría tu problema. Las cosas pasan a veces sin que haya una explicación lógica. Creo que ninguno de los dos tenemos la culpa de lo sucedido. Perdono sinceramente tu amenaza y tu insulto, pero te repito que no deseo verte nunca más.*

Pasó la primavera, pasó también el verano. Una tarde ventosa de octubre, Rosana, al entrar en casa, notó enseguida un desorden al que no estaba acostumbrada. Al recorrer la estancia, advirtió que la puerta que daba acceso a la terraza orientada hacia el

Oeste estaba tendida en el suelo. Era una puerta antivandálica, de doble acristalamiento. Quienquiera que
hubiese sido el autor de la barbarie había golpeado
el cristal con una fuerte maza —porque todo él se
hallaba resquebrajado en minúsculos fragmentos—,
sin haber logrado destruirlo, y le había resultado más
fácil lograr el acceso a la casa desencajando de sus
goznes la hoja que mediante la rotura del cristal.

Su tía María no se hallaba en casa. Le había dicho
el día anterior que iría a visitar a una amiga. Sabién-
dose sola en la vivienda —¿o no?—, se le encogió el
corazón. Salió a toda prisa de casa y llamó por teléfono a la policía.

Media hora después se presentaron dos agentes.
Recorrieron la casa, bajo la mirada atenta de Rosana.
Buscaron huellas que no encontraron. Penetraron en
el dormitorio de María. Los cajones de la mesilla y del
armario empotrado estaban revueltos. Preguntaron a
Rosana si advertía la falta de algo. Ella respondió que
solo lo sabría su tía. Al entrar en el dormitorio de Rosana, extrañó a los tres un letrero confeccionado con
tiras de periódico recortadas para componer las letras
de un mensaje: "Hermana, morir habemos". Rosana
relató la denuncia que había efectuado meses atrás.
Al examinar su mesilla, advirtió la falta de un anillo
de oro que le había regalado justamente su tía María
cuando había cumplido los dieciocho años. Constituía el único objeto de valor que había manejado en
su vida.

Los agentes se despidieron.

—Si desea formular una denuncia, pásese por la
comisaría mañana, acompañada de su tía, y procuren

hacer el recuento exacto de lo que les han robado —dijo uno de ellos.

Así lo hicieron. Aparte el anillo de Rosana, los ladrones —eran varios, habían deducido los agentes— habían robado también varias piezas de oro de María.

—Hay rateros o bandas de ladrones a los que solo importa el oro, que convierten pronto en dinero, o el propio dinero —afirmó el agente que escribió el atestado—. Lo que no acabo de entender es qué significado puede tener el saludo trapense, pero, sin duda, guarda relación con la denuncia anterior.

Aunque Martín ponía todo su empeño en tranquilizarla, Rosana estaba hecha un manojo de nervios. Ahora se daba cuenta de que tenía que haber contado a la policía la amenaza de Mario. Pero, por otra parte, no había, que ella supiera, ningún indicio de que hubiese almacenado nunca en su mente otra cosa de los trapenses que, en todo caso, su mera existencia y, menos todavía, el sombrío guion de su saludo. Esta vez, sin embargo, Martín se mostró inflexible.

—Iré a su maldita guarida y le diré cuatro cosas.

Llamó por teléfono a Mario y quedaron en verse a eso de las siete en el colegio mayor. Martín llegó con puntualidad. Comenzaba ya a oscurecer, pero todavía había luz suficiente para percibir en el aparcamiento el Mercedes gris oscuro metalizado de Mario.

Hablaron en el bar del colegio, mientras bebían un combinado. Mario lo desconocía todo sobre los trapenses. Se mostraba distendido, con las piernas cruzadas. Jamás había oído ese curioso saludo entre esos monjes, aunque le agradaba haberse enterado de semejante "delicatessen" cultural, lo que le agradecía sinceramente.

La actitud de Mario irritó a Martín.

—Mira, capullo —le dijo—, si crees que soy tonto, te vas a enterar. Has sido tú el trapense que nos saludó a Rosana y a mí cerca de la casa de su tía, y tú, o alguno de tus esbirros, el trapense que escribió el letrero en la habitación de Rosana. Déjala en paz o sabrás de verdad qué es la guerra.

—No sé de qué me estás hablando —repuso Mario—. Tranquilízate. No quiero tomarme en serio tu bravuconada. Me sobran maneras de hacerte callar, si deseo hacerlo.

Martín se levantó e hizo ademán de marcharse. Todavía acertó a decir a su rival:

—No olvides lo que te he dicho. Y si vuelves a meterte con Rosana, ya veremos quién hará callar a quién.

Entonces Mario, levantándose también, dijo:

—Morir habemos.

—Ya lo sabemos —respondió silabeando de manera desabrida Martín.

Ahora Martín y Rosana creían saber quién era el enemigo. Mario era un incómodo adversario, porque los tentáculos de su familia llegaban a los centros de decisión del país y disponía de cuantiosos medios materiales.

Todo el mundo sabe que cuando las cosas pueden empeorar, lo normal es que lo hagan. Pero el tiempo, la vida, el destino son tan caprichosos que a veces parecen detener su erosión sobre el hombre y le permiten tomar aliento cuando peor se presenta el futuro inmediato.

Con la llegada de la primavera, el 22 de marzo, Mario sufrió un accidente a consecuencia del cual quedó, según la nota de prensa, "seriamente malparado y con las facultades mentales disminuidas". Rosana llegó a sentir verdadera piedad por él. Al llegar las vacaciones de Semana Santa, le hizo una visita a su casa de Arcontera. A pesar de que no fue recibida con los halagos de antaño por los padres de Mario, le permitieron ver a su hijo, postrado en una silla de ruedas, aunque la hicieron esperar un buen rato. Apenas la reconoció. Rosana le acarició la cara y, viendo que no respondía a la caricia, se echó a llorar a lágrima viva y sintió tal grado de convulsión sentimental que hubiera estado dispuesta a sacrificarse y, abandonando a Martín, dedicar su vida a cuidar a su antiguo compañero.

No había pasado un mes cuando los ladrones desvencijaron de nuevo la puerta antivandálica por la que se accedía a la terraza Oeste y, al no poder entrar en la casa porque, a raíz del expolio anterior, María había hecho colocar, detrás de la puerta acristalada, otra de hierro macizo de cinco centímetros de espesor, arrancaron la verja de una de las ventanas que daba a la misma galería y misteriosamente no habían empujado uno de los cristales de la ventana —solo ellos sabrían por qué— y se habían marchado sin botín. Eso sí, en la pared norte de la terraza habían prendido con los mismos materiales el letrero anterior: "Hermana, morir habemos".

Rosana palideció de consternación. Indicó a María que sería conveniente colocar una alarma provista de distintos sensores en todos los puntos de la casa por los que era posible acceder a ella. Por su parte, los dos agentes que acudieron cuando se avisó del robo aseguraron que propondrían a sus jefes que, al menos durante algún tiempo, se estableciese una vigilancia sobre la casa. Pero ni Rosana ni su tía dormían con tranquilidad, de modo que se les ocurrió solicitar a Martín que se alojase también en casa de María.

La presencia de Martín constituyó un bálsamo para las dos mujeres. Normalmente los amantes regresaban juntos al atardecer y María les tenía preparada la cena. Por lo demás, aunque la tía había adjudicado a Martín una habitación en el piso superior —ellas tenían la suya en la planta de calle—, hacía la vista gorda a la hora de dormir, de modo que lo que en un principio comenzó siendo un asalto furtivo acabó por convertirse en la rutina de cada noche.

Todo iba mejor. María se sentía aliviada en su soledad por la compañía de los dos sobrinos, como le gustaba decir. Por su parte, Rosana y Martín habían hallado el amor de su vida, al tiempo que paliaban sus carencias económicas con una vivienda gratuita.

Una noche de novilunio, a eso de las tres de la mañana, Rosana oyó desde su cama el canto de un versículo corto, que se asemejaba al gregoriano, respondido por otro similar. Su tía tenía por costumbre no mantener encendida la televisión de su dormitorio más allá de las doce. Por otra parte, Martín se había quedado en su habitación, pues tenía que estudiar y no quería perturbar el sueño de Rosana. Por si fuera poco, disponían de sensores de la alarma electrónica en todos los sectores sensibles de la casa. Después de estas consideraciones, Rosana supuso, pues, que estaba mezclando el sueño con la realidad.

Al poco rato, le despertó la repetición exacta del canto anterior, seguido de un golpe seco. Encendió la luz pero, al comprobar que la casa estaba en silencio, pensó que algún mal sueño le hacía despertarse. Además, estando Martín arriba en su habitación y probablemente despierto, estudiando todavía, no tenía nada que temer, de modo que apagó la luz.

Se despertó una tercera vez alertada por lo que le habían parecido unos pasos deambulando por el pasillo al que daba su dormitorio.

El pánico le impedía reaccionar. Una luz asomaba por el hueco entre la puerta y el parqué. Rosana permaneció completamente quieta, paralizada por el miedo.

De pronto oyó el recitado en canto gregoriano que había oído dos veces en sueños. Esta vez distinguió con claridad meridiana la letra:

—Hermana, morir habemos

La voz tenía un timbre que ella hubiera jurado de Mario, si no supiera que estaba postrado en una silla de ruedas. ¿O había sido una farsa lo vivido en su visita a Mario?

Un acólito cantó: "Ya lo sabemos", mientras el jefe, emergiendo de la oscuridad, rebanaba con un cuchillo la cabeza de Rosana, que rodó por el suelo dejando en cada salto un reguero de sangre.

¡Maldita sea!

Maldito sea el día en que Fernando tuvo su primer episodio de epilepsia. Maldita sea la hora en que Antonio hubo de ausentarse de su despacho tras recibir una llamada del director del colegio en el que estudiaba su hijo. Maldito sea el momento en que Raquel abandonó la antesala de don Práxedes, para coger las llaves de una habitación del sótano, y maldito sobre todo él mismo, Manuel, que estaba justo adonde nadie lo requería y había cometido la acción más extraña y disparatada de su vida.

Hasta el día en que tuvo lugar sabe Dios qué conjunción astral y que el destino dirigiera sus pasos al despacho de don Práxedes, presidente del Consejo de Administración del *Centro Superior de Energía Eólica de San Eugenio de la Torre* y perdiera su empleo, Manuel trabajaba de ordenanza en esa empresa. Pero todo se conjuró para encaminarle a su desgracia. Solo con que alguna de las personas que tenían su despacho en las inmediaciones de don Práxedes, una sola, hubiese estado presente en su puesto de trabajo —o el presidente se hubiera ausentado de él—, Manuel, el ordenanza, continuaría trabajando en la empresa.

Sucedió que el día anterior, lunes, Fernando, el eficiente secretario personal de don Práxedes, se sintió mal después de comer. Adela, su mujer, no se sobresaltó demasiado. Recordaba que otras muchas veces

Fernando, algo hipocondríaco, se había asustado por cualquier nadería de dolor de cabeza, o de tronco o de extremidades, y nunca los síntomas habían pasado a mayores, de modo que le ofreció un té verde que, según ella, era capaz de eliminar los pequeños malestares, vinieran de donde vinieran.

El marido tomó el té, para no contrariar a su esposa, y se tumbó en su sillón preferido del cuarto de estar. Continuaba sintiendo molestias de las que jamás hasta entonces se había percatado, pero prefería no comentarlo con Adela. Le dolía intensamente la cabeza. Cuando su mujer desapareció del cuarto de estar, él se levantó con esfuerzo para dirigirse al cuarto de baño a fin de coger, del armario en el que guardaban los medicamentos, una aspirina que le calmara el dolor. Lo hizo a hurtadillas, para que Adela no advirtiese su escepticismo acerca del té verde. Su vista no distinguía con nitidez los objetos y, por cierto, ahora recordaba que la taza de té verde le había parecido, a diferencia de otras veces, un brebaje insípido. Nada más levantarse, se desplomó como un fardo sin conciencia, su cuerpo sufrió tres o cuatro convulsiones fuertes que cesaron enseguida y, habiendo perdido el control de sus esfínteres, mojó la ropa interior, los pantalones y hasta un trozo de moqueta.

Así lo encontró su mujer, que había acudido al cuarto de estar asustada por el ruido seco que había oído procedente de esa parte de la casa. Allí estaba Fernando, tendido en el suelo, perdido el conocimiento y con un espumarajo asomando a sus labios. Segundos después de la llegada de Adela, Fernando despertó de su letargo. Y fue ella, que había achacado las molestias a la hipocondría de su marido, quien exageró los síntomas perversos que se habían apoderado de su cuerpo, cuando los refirió al médico.

El doctor les aseguró que el episodio sufrido por Fernando tenía todos los visos de ser un ataque de epilepsia. Adela rogó al médico que en el parte de baja no hiciera constar la palabra *epilepsia*, pues siempre le había parecido una enfermedad que afrentaba a quien la padecía. El médico la tranquilizó:

—No se preocupe —le dijo—. Se han realizado grandes avances en el tratamiento de la epilepsia. Las convulsiones pueden controlarse fácilmente con fármacos y después de un máximo de cinco años de medicación eficaz, esta puede retirarse a un 60% de los adultos, sin riesgo de recaída.

Con todo, después de haber alegado ante don Práxedes, con la anuencia del médico de familia, una gripe muy contagiosa y de pasar una semana de baja en su domicilio, Fernando regresó a sus ocupaciones habituales cerca del presidente, y lo primero de lo que se enteró fue del desdichado incidente del ordenanza, que era la comidilla en todas las habladurías de los empleados.

Entonces cayó en la cuenta de que, de no haber faltado ese martes en que la suerte había cambiado para Manuel, el ordenanza seguiría en su puesto.

Por su parte, Antonio, el jefe de gabinete de don Práxedes, había tenido también que ausentarse. A media mañana, el director del colegio en el que estudiaba su hijo le llamó para rogarle que acudiera a su despacho "porque ha sucedido un hecho lamentable en el que ha intervenido su hijo". Por más que el padre le había intentado sonsacar de qué hecho concreto se trataba, solo logró arrancar del director que el incidente en el que había participado su hijo era muy desagradable.

Cuando Antonio llegó al colegio, el director lo estaba esperando. Fue directamente al grano:

—Me veo en la obligación de informarle de que ha habido un intento de violación en el centro y que el acosador es su hijo Antonio —le espetó antes de que el padre se hubiese sentado por completo en la silla.

Las palabras cayeron como losas en el alma y hasta en el cuerpo de Antonio: *violador, acosador*... "¡Dios mío, qué vergüenza!", exclamó para sus adentros. Hubiese deseado que no le diera los detalles, pero el director se adelantó a sus deseos.

—Esta mañana, en el recreo, su hijo ha arrastrado a una chica de su curso a uno de los aseos femeninos y ha intentado forzarla. Ella le ha propinado una patada en sus partes y ha conseguido huir.

Si no fuera porque quien hablaba era el director del colegio, se hubiese rebelado ante esa declaración, pero la rotundidad de sus palabras no dejaba lugar a la duda. Como suele suceder en estos casos, se sentía, como padre, totalmente abochornado por el hecho deshonroso de su hijo, tanto o más que si hubiera sido el culpable. Pero solo por un hijo un padre es también capaz de caer en el ridículo más espantoso, como lo hizo Antonio para colmar el vaso de su desdicha.

—¿No habrá sido la chica la que ha arrastrado a mi hijo? —dijo.

Nada más escucharse a sí mismo formular la pregunta, la hubiera retirado, pero ya no era posible, y el director le afeó la defensa que hacía de un violador y comenzó una perorata nerviosa y extensa contra su hijo.

Cada palabra del director era un mazazo en su honor y en su mente, de modo que advirtió cómo su cabeza, sin intervención de la voluntad, iba agachándose de vergüenza y deshonor.

En un instante se agolparon en su recuerdo los "sermones" –era la palabra elegida por su hija y por su hijo para desprestigiar las lecciones de moral que Antonio procuraba ofrecerles— que deslizaba en las cenas cotidianas, el único momento en que coincidía toda la familia. Ahora comprobaba con un dolor que rayaba en el tormento para qué habían servido sus esfuerzos. Y a medida que el director iba destilando, gota a gota, el acíbar de las observaciones en torno a la moral de su hijo, Antonio no podía evitar pensar que quizá la cena no era el momento más oportuno para la severidad. Recordó las veces en que María, su mujer, le había recriminado que eligiera esa ocasión para largar sus "sermones", convirtiendo en un temido momento lo que debiera ser un agradable encuentro. Tendría que haber pasado con sus hijos muchos más ratos, para que se dieran cuenta de que los amaba realmente, al consumir con ellos el bien más apreciado de que dispone el hombre, el tiempo.

—Comprenderá usted que su hijo no puede permanecer un día más en el colegio —oyó que le decía el director, sacándolo de su ensimismamiento.

—Perdone, haga lo que deba usted hacer —respondió en tono humilde Antonio.

—Y será mejor para todos que esto no se divulgue. Antonio no estaba en condiciones de rebatir. Le dio la mano y se despidió. En la puerta de salida del colegio estaba esperándole su hijo, al que acompañó a casa, donde lo dejó, sin mediar una sola palabra en el trayecto.

Cuando Antonio regresó al trabajo, al pasar al lado de Raquel, antes de entrar en su despacho, esta le contó los pormenores de la expulsión de Manuel, el ordenanza. Y, en medio de su pesadumbre, advirtió que, de no haber tenido que salir al colegio de su hijo, probablemente Manuel seguiría en su puesto.

Pero cuando las cosas vienen mal dadas, no hay quien pueda detenerlas. Tampoco estaba en su sitio Raquel en el momento decisivo. Ocupaba una mesa que se hallaba en la antesala de don Práxedes y era la administrativa que redactaba las notas de este y, a veces, de Antonio.

Hacía ya tiempo que, en el descanso para el café de media mañana, había quedado con Generoso "para resolver un asunto de mucha importancia", como le oyeron decir todos los que estaban a su alrededor. Generoso, un joven bien parecido, tímido, trabajaba en la compañía, junto a otros cuatro compañeros, como aparejador.

Y no era la primera vez que se reunían "para resolver un asunto de mucha importancia". Todos los que podían oír cómo Raquel emplazaba a Generoso pensaban que se trataría de alguna orden emitida por don Práxedes, ya que casi siempre ella era el brazo transmisor de las órdenes del presidente de la compañía.

El asunto de mucha importancia se había fraguado meses atrás, una tarde en que varios de los operarios sobre los que recaía la responsabilidad de las obras habían decidido, a la hora del café de la mañana, pasar la tarde en el mar, entre otros, Generoso. A última hora se añadió también Raquel.

Salieron hacia las cuatro de la tarde y recorrieron en coche los siete kilómetros que San Eugenio de la Torre dista del mar. Muchos de ellos se tendieron en su toalla al llegar a la playa. No fue el caso de Generoso, quien, desafiando el ímpetu de las olas, que producían una violenta resaca al romper, se arrojó al agua, nadando con brío mar adentro. Desde su toalla Raquel lo miraba expectante, pendiente de cómo podría salvar, al volver, el rompiente del oleaje. Lo vio introducirse en el torbellino, sin poder emerger de él durante un tiempo que le pareció eterno y, habiendo alertado a los compañeros de la peripecia que estaba sufriendo Generoso, estaban ya a punto de levantarse para prestarle auxilio, cuando lo vieron salir del rompiente, un tanto sofocado pero sonriente.

A Raquel no le pasó desapercibido ese cuerpo emergiendo del torbellino, mucho menos delgado y más musculoso de lo que parecía vestido, y con una gracia natural que daba gusto mirarlo.

—¿Has traído coche? —le preguntó Raquel cuando encontró el momento oportuno.

—No tengo. He venido con otros cuatro en el coche de un compañero.

—Si quieres, puedes hacer la vuelta conmigo, que voy sola —se brindó Raquel.

Lo llevó hasta su domicilio, pero detuvo un momento el coche al lado de la acera para preguntar:

—¿Te apetece una cerveza?

Generoso asintió. Dicen que en las relaciones hombre-mujer el hombre es quien domina la relación, pero no sucedió así entre Generoso y Raquel (ni, al parecer, entre Fernando y Adela ni entre Antonio y María).

Entraron en un bar cercano al piso de Generoso, donde Raquel le dio un primer beso, al que correspondió con entusiasmo el joven aparejador; en un bar no muy alejado del primero, le dio otro beso que Generoso devolvió con mayor fuego; todavía con mayor arrebato respondió al tercero y al cuarto; y recostado sobre el lecho de Raquel, halló un renovado ardor para su deseo en el pensamiento espurio de intimar con una influyente mujer que podría facilitar un ascenso rápido.

De modo que Generoso estaba ya bregado en aclarar asuntos de mucha importancia, cuando Raquel le anunció en el café de media mañana el nuevo asunto que había que dilucidar el lunes anterior a esa mañana de martes en que Manuel, el ordenanza, perdió su trabajo. Ya conocía el camino. Cuando Raquel le hiciera una llamada perdida, bajaría al sótano, donde había una habitación con una lujosa cama que a veces, se decía, era ocupada, junto a una hetaira, por personajes de las finanzas amigos de don Práxedes. Ella lo estaría esperando con las llaves en la mano.

Y la verdad es que una vez más tuvieron que solventar una materia escandalosamente difícil, arriscada, de complicada orografía y de riesgo innegable, que exigió mucha concentración y gran empeño, pero que limando aristas y soslayando dificultades casi insalvables, a base de paciencia infinita quedó satisfactoriamente resuelta.

Aún quedó tiempo, antes de salir a comer, de mantener un breve diálogo, porque Generoso se interesó por los puestos que rodeaban al presidente.

—No te preocupes —contestó Raquel—. Esa gente no vale más que para trabajar y hacer trabajar. No es nuestro caso. A nosotros nos gusta vivir la vida.

—Yo creo —repuso Generoso— que a ellos les gustará también vivir la vida, pero nosotros no nos enteramos de sus pasos.

—Si no te importa, mañana pasaré a verte después del café —le dejó caer por toda respuesta.

Como había dicho, a la mañana siguiente apareció en la puerta de la sala en la que realizaban sus tareas de planificación arquitectos y aparejadores. Cuando las miradas de todos ellos se dirigieron hacia ella, Raquel divisó en su mesa a Generoso y le indicó con un gesto de la mano que se acercara.

Resuelto el asunto en el sótano, Generoso pensó que con tanto café y tantos asuntos que solventar tras el café, se le iba a alterar la tensión o el sistema nervioso, y creyó llegado el momento de que Raquel se comprometiera en su ascenso. Se lo hizo saber con una crudeza no exenta de cinismo.

—¿Qué hay de lo mío? —preguntó.

—¿Qué quieres decir? —se sorprendió ella.

—¿Cuándo vas a conseguir del jefe que me ascienda?

Raquel estaba perpleja. Es decir, le bebía los vientos solo porque esperaba medrar. Ese martes dejó de proponerle cafés y demás aditamentos y suplementos, pero cuando tomó esa decisión, a punto de terminar la jornada laboral, Manuel, el ordenanza, había perdido ya su trabajo y ella nunca podría perdonarse que, de haber estado sentada junto a su mesa, cumpliendo con su obligación, jamás hubiese sucedido ese terrible contratiempo en la vida del ordenanza.

Por supuesto, tuvo que estar en su despacho don Práxedes, a la hora justa en que el destino había planeado ejercer su enemistad con Manuel, para que esta pudiera cebarse con él.

Ese día, sin embargo, el presidente de la *Compañía Centro Superior de Energía Eólica de San Eugenio de la Torre* tenía que haberse hallado en Santiago de Chile, donde iba a desarrollarse una convención mundial acerca de energías alternativas, en el seno de la cual debía pronunciar la conferencia estelar del evento. La programación de este acontecimiento venía preparándose desde hacía dos años, durante los cuales don Práxedes había sido consultado reiteradamente, al ser el mentor más eficiente del mundo en el área de la energía eólica.

Una vez más, los controladores aéreos se habían declarado en huelga, sin previo aviso, y don Práxedes, que desde hacía tres meses tenía concertado su vuelo para el día anterior a su intervención, martes, hubo de retrasarlo para el viernes por la tarde, pues parecía ya inminente el momento de deponer su actitud los controladores, una vez que estaban a punto de lograr la mayor parte de sus reivindicaciones. De modo que había acudido, como todos los días, al trabajo y desde su despacho él mismo se estaba ocupando de que la conferencia que debía pronunciar él fuese retrasada al sábado, último día de convención.

Cuando a las dos menos cuarto de ese mismo martes, es decir, un cuarto de hora después del incidente que se había producido entre don Práxedes y Manuel, se dio la noticia de que la huelga de controladores había cesado, cuantos habían tenido algo que ver con su despido, reunidos casualmente en la antesala de don Práxedes, no tuvieron otro remedio que convenir en que habían sido los peones que el destino había manejado para ejercer su extraña e inmerecida venganza sobre Manuel.

Para suceder lo que había acontecido había sido necesario que el ordenanza se hallara lejos de la puerta de entrada, que era su lugar asignado, y se encontrara al lado del despacho de don Práxedes; que el muchacho encargado de ir todas las mañanas al servicio de correos a recoger las cartas y paquetería postal acabase de subir las escaleras para dejar el correo en manos de Raquel —ella lo distribuía a los diversos destinatarios— y que esta se encontrara ausente, ocupada aclarando asuntos de trascendencia capital en una habitación del sótano; que Fernando, a quien el mozo postal solía confiar el correo si Raquel se había ausentado, hubiera faltado al trabajo por el devastador efecto de una gripe maligna; que Antonio se hubiera tenido que marchar justo unos minutos antes, requerido por el director del colegio en el que su hijo estudiaba el último curso del bachillerato...

—No está Raquel, ni Fernando ni Antonio —había comprobado el mozo postal—. ¿Puedo dejar a usted el correo? —preguntó a Manuel.

—Déjame todo en la mesa de la señorita Raquel —respondió este—. Yo lo distribuiré.

Manuel pudo comenzar la ordenación del correo, para su posterior distribución, por cualquiera de los cincuenta destinatarios diferentes, pero lo hizo escogiendo en primer lugar la correspondencia de don Práxedes, hecho lo cual, tomó el manojo de cartas dirigidas al presidente. Justamente este estaba hablando por teléfono con el director de la comisión organizadora de la convención, cuando Manuel llamó a la puerta de su despacho y, después de solicitar permiso para entrar, golpeando suavemente en la puerta con los nudillos de los dedos, y serle concedido, se quedó plantado cerca de la misma, frente a él, dispuesto a entregarle su correo personal cuando hubiera terminado de hablar por teléfono.

Se fijó de repente en la oreja derecha del presidente, la que estaba libre, y la examinó atentamente con la mirada. Tenía las mismas concavidades que las de su mujer, idénticos lóbulos que los de sus dos hijos. Del orificio asomaban pelos negros que nacían en su oreja como los de su suegra, negros, fuertes y más largos de lo común.

Parecía tan serio…, pero seguro que jugaba con sus nietos y que les hacía gracias, les estiraría de vez en cuando de las orejas. Haría el amor y tocaría con delicadeza los lóbulos alargados de su esposa. La había visto un día entrar por la puerta del edificio y se había fijado en ellos.

Mientras hablaba por teléfono, don Práxedes le hizo una señal indefinida que no sabía cómo interpretar, de manera que se acercó a su mesa con cuidado y tuvo ocasión de ver más de cerca la oreja libre.

"¡Qué importantes se creen!", pensó. "Solo se dejará tocar de sus amigos, todos ellos forrados de dinero, comerán y contarán chistes en la sobremesa y más de una vez habrá alguien que estirará, en plan de broma, de las orejas a otro. Los de mi posición no somos dignos de bromear con ellos".

Sobre la cabeza del presidente pendía en la pared el retrato de un personaje sin duda ilustre, su padre, su abuelo, sabe Dios quién. Miraba de frente y se destacaba con claridad el perfil de ambas orejas.

"Todas estas personas han sido niños, habrán jugado como todos los niños, les habrán estirado de las orejas mil veces. ¿Qué les distingue a ellos de mí?" Y no pudo evitar pensar de nuevo, con profundo malestar, que lo único que les alejaba era el dinero, siendo hombres los dos, iguales, del mismo país, de la misma raza, de las mismas creencias, más o menos.

"Por qué no le puedo tocar yo su oreja", esa oreja vulgar, que no tenía de singular más que la fealdad de sus horribles pelos negros que asomaban por el orificio. Y enfrascado en estos pensamientos, y sin poder dominar inexplicablemente sus movimientos, vio, sin poder evitarlo, cómo se adelantaba su mano derecha, como si no fuera suya sino de otro, y tocaba la oreja del presidente.

Don Práxedes gritó un alarido de horror y, abriendo el cajón más bajo de la parte derecha de su mesa, sacó una pistola, se levantó y continuó apuntándole mientras avanzaba hasta la puerta y profería tres voces seguidas de auxilio. Por más que Manuel pidiera un perdón repetido sin cesar, don Práxedes continuaba apuntándole, hasta que subieron dos guardias de seguridad y se hicieron cargo del ordenanza.

Manuel acostumbraba a departir amistosamente en la puerta del edificio con los dos agentes, por lo que no podían creer lo que don Práxedes trataba de explicarles. Por mucho que proclamaron una y otra vez la honradez y hasta la bondad de Manuel, el presidente les cortó la palabra y les ordenó gritando:

—Acompáñenlo a la sección de nóminas para que le paguen lo que se le deba.

Y dirigiéndose al avergonzado ordenanza:

—Es la última vez que lo quiero ver por aquí. Váyase y no vuelva —dijo.

# Una hebra de esperanza

Habíamos esperado con ansiedad el momento de conocerlo. Cuando Rosario, nuestra hija, lo trajo a casa, me produjo una impresión favorable. Era un muchacho de mirada franca y de sonrisa abierta. Al saludarme, y al despedirse, me apretó con fuerza la mano. Al regresar a casa ese día, Rosario quiso saber mi impresión sobre Vicente. Le confesé que me había parecido buen chico y, en broma, que le faltaban unos centímetros de estatura.

Nosotros somos de Ignaro de Pullora, población que, junto a Serena del Mosero, fue antaño terreno fértil para la vocación política aunque, en nuestra familia, solo mi abuelo paterno había mostrado su predilección por ella, inclinación que no heredó ninguno de sus descendientes.

Por su parte, Vicente era de Villerón, villa famosa por su peculiar climatología y por la llamada que el viento solano ejerce sobre cuantos padecen alguna enfermedad neurológica, quienes no pueden sustraerse a salir a dar un paseo por la plaza que se halla frente a la iglesia, mientras dura su soplo.

Vicente y Rosario se habían conocido en el colegio que los jesuitas tienen en San Eugenio de la Torre, puesto que ambos estudiaban el mismo curso y, hacía ya cinco años, mucho antes de acceder a la universidad, se habían prometido amor y fidelidad. Todo cuanto conocía yo de Vicente lo sabía a través de Rosario, a excepción de pequeños detalles que iba deduciendo por el contexto que rodea siempre el acto del habla.

En este sentido, estaba al tanto de la desmedida afición de Vicente a la escalada, lo que había dado lugar a alguno de los más severos altercados entre él y nuestra hija. Estudiando el primer curso en la universidad, un sábado de mayo Vicente había preferido ir a practicar este deporte, con su amigo Míchel, a un alto escarpado situado a unos cien kilómetros, en lugar de acudir a escuchar un concierto del coro en el que Rosario cantaba por primera vez un solo de ópera. Al decir de la directora del coro, Rosario tenía una voz de soprano excepcionalmente bella y modulada. El incidente provocó que estuvieran una semana sin dirigirse la palabra, durante la cual Rosario se vino a casa y la vi llorar cada día, sentada al borde de su cama.

El mismo año, advertí, durante las vacaciones de Semana Santa, que no mostraba la alegría vivaz y un tanto escandalosa de que daba normalmente muestras en algún momento del día, como acostumbraba a hacer si no había sufrido ningún contratiempo. Lejos de ello, su rostro presentaba una seriedad triste y cavilosa como si hubiera recibido una mala noticia. Le pregunté si pasaba algo y me respondió que no, pero yo he supuesto siempre que había tenido algún conflicto con Vicente. Entonces hablé con Edelmira, mi mujer, que se hallaba mucho mejor informada que yo de los episodios familiares y, moviendo la cabeza a ambos lados, me dijo que no sabía nada, pero "parece ser que se está torciendo la relación de estos chicos".

Sin embargo la realidad demostró, al menos a partir del segundo curso en la universidad, que mi mujer se equivocaba. Mi hija estudiaba Historia; y Vicente, Empresariales. Nada relevante supimos de la relación mientras prosiguió cada uno su carrera; tan solo hacía falta observar el rostro de Rosario cuando pasaba el tiempo de vacaciones con nosotros, en especial durante el verano, para comprender que era feliz.

De vez en cuando, Rosario lo invitaba a comer en nuestra casa. Él mostraba entonces una jovialidad contagiosa y se deshacía en atenciones hacia nosotros y nuestra hija. Por lo demás, en estas ocasiones acostumbraba a obsequiarme con una botella de vino de la ribera baja del Mosero, *Viña Tuerza*, que yo, que me precio de ser buen catador, agradecía.

Cuando acabaron la carrera, Vicente encontró enseguida ocupación, ya que su padre, buen amigo de Víctor José, director de una sucursal de banco en San Eugenio de la Torre, consiguió para su hijo el puesto de subdirector. Como en ocasiones anteriores, esta acción fue tachada, durante algún tiempo, de nepotista y arbitraria por algunos sindicalistas, pero nunca discutida abiertamente en público. Casualmente años antes el susodicho director había colocado en la misma sucursal del banco, como cajero, por el mismo artículo vigésimo sexto de su código de conducta particular, a Nicolás, un sobrino suyo de Mendiguala.

Sin embargo, Rosario tardó dos años en encontrar trabajo como interina, en el IES "Padre Bartolomé de las Casas" de Alisca. Allí ejerció en calidad de profesora de música. Justamente en ese instituto conoció a Alejandro, un profesor de Lengua y Literatura inglesas famoso por el ardor mesalino que tenía la virtud de provocar entre alumnas y profesoras y que al cabo de algunos años moriría en accidente de circulación. También conoció en ese centro a tres profesores de Matemáticas a quienes los alumnos llamaban "la Santísima Trinidad", por constituir un equipo particularmente compacto y justo en la evaluación de sus alumnos.

Años después Rosario, tras haber aprobado las oposiciones, pudo trasladarse a uno de los institutos de San Eugenio de la Torre, el IES "José Manuel Blecua", esta vez como profesora de Historia, con lo que pudieron vivir juntos en el piso alquilado en que vivía Vicente, hasta entonces solo, libres de toda preocupación económica.

Dice el refrán que "cuando el dinero sale por la puerta, el amor sale por la ventana", pero en este caso se cumplió lo contrario. Con la ausencia de penurias económicas, Vicente abandonó el estoicismo obligado de etapas anteriores e inició un giro epicúreo que comenzó tomando con sus amigos el vermut diario, al terminar la jornada matinal, prosiguió con cenas la noche de los sábados, y acabó frecuentando reuniones extemporáneas con amigas de ocasión, cuando adquirió la costumbre de buscar, de vez en cuando, fuera de casa, aquello de lo que disponía con mayor abundamiento y no se le negaba en ella, hasta que empezó a cundir su fama de halcón verbenero de la que, por la ceguera de su amor, probablemente nunca se hubiera enterado Rosario, si una tarde fría de invierno su amiga Clara, una compañera del instituto, no le hubiera abierto los ojos.

A medida que Clara le explicaba los detalles, iba creciendo en Rosario una angustia que le impedía respirar. Le embargaba el odio, odio a Vicente, odio al piso en el que había vivido con él, odio a la profesión que había escogido y odio hasta a la propia ciudad de San Eugenio de la Torre, que no le ofrecía por doquier sino la huella de su fracaso. Enseguida advirtió que le sería imposible continuar trabajando, de modo que se quedó en San Eugenio tan solo el tiempo imprescindible para cursar su petición de excedencia voluntaria, que le fue concedida.

Nosotros nos enteramos de su despecho cuando se presentó en la puerta de casa en un taxi, empuñó las dos maletas en las que había recogido su ropa invernal, subió las siete escaleras por las que se accede a nuestra casa de Ignaro, entró en ella en cuanto Edelmira le abrió la puerta, se echó en sus brazos y rompió a llorar desconsoladamente.

Así estuvo llorando varios meses, de modo que las lágrimas ahondaron en sus mejillas un socavón y en mi estómago un surco de dolor. Pasaba largas horas enfundada en las sábanas, en las que se mezclaban las lágrimas y el sudor. Se levantaba tarde, añorando día y noche el amor perdido y enjugándose constantemente el llanto. Se la oía suspirar de vez en cuando. Más tarde cortó en seco los suspiros cuando decidió que el villano al que había adorado no los merecía y hasta consiguió con el tiempo llorar un llanto seco, no tanto, quizás, por voluntad propia, sino porque, de tanto correr y correr el río de sus lágrimas, se había agostado en sus ojos el manantial.

Pasados dos años, Rosario comenzó a desasirse de la pasión que primero la había despertado a la vida y después se la estaba quitando. Comenzó a salir con sus amigas los fines de semana, en los que apenas conseguía mitigar, no ya su sentimiento, sino su resentimiento amoroso en banales conversaciones en bares y discotecas.

Yo procuraba enterarme discretamente del curso de su vida. Había dejado de ser la bandada de ángeles de antaño, cuando la veía aparecer en casa y se llenaba de vida todo el hogar. Al contemplar ahora su rostro hierático con una sonrisa plana, no podía sino odiar un poco más cada día al autor de esa malhadada transformación.

Contuvimos el aliento cuando, paseando un domingo por la orilla del río, la vimos sentada en un banco al lado de un hombre joven, porque no deseábamos otra cosa sino que consiguiera despegarse del hechizo de Vicente y fuera de nuevo feliz.

Edelmira trazó con rapidez, con ayuda de comadres documentadas, el perfil personal del varón. Se llamaba Daniel y hacía solo unos meses que acababa de abandonar Púlcrima, lugar de donde procedía, para incorporarse en Ignaro a una empresa de construcción, en calidad de topógrafo. En poco tiempo Daniel demostró el dominio de su profesión, proporcionando, con solvencia y prontitud, mediciones exactas de los terrenos sobre los que su empresa debía intervenir.

Lo que no podíamos sospechar es que desplegara idéntica pericia para la medición de los diferentes estados emocionales de Rosario, que supiera respetarlos y tuviera la habilidad de acomodarse a ellos. Edelmira y yo nos felicitamos por que Daniel fuese tan perspicaz y educado y nos regocijamos pensando que podía ser el hombre de su vida.

Muchas veces se tiende a creer que, para que el amor comience en una pareja a la que la vida ha dado la oportunidad de entrar en contacto, basta comportarse con delicadeza. Es posible que favorezca su conservación, pero el amor es una criatura caprichosa que se inicia y toma cuerpo por los motivos más diversos e incluso insospechados, que en ocasiones poco tienen que ver con la sutileza.

De manera que, por mucho que Rosario puso también el mayor interés en mimar su relación con Daniel, tratando de sustituirlo en su corazón por Vicente, y acabar con esa ausencia que le atormentaba el alma, no halló en el nuevo candidato la chispa misteriosa que encendiese el fuego. A pesar de todo, se plegaba a su destino si Daniel la llamaba alguna tarde para dar un paseo o ir al cine, aunque en modo alguno había recuperado la alegría de otros tiempos.

Pasados unos meses, Daniel se convenció de que jamás lograría su amor. Tras esmerarse por última vez en ofrecer su más refinado comportamiento, porfiando en despertar para su causa el corazón de Rosario, sin conseguir el menor resultado, decidió dejar de importunarla.

En casa seguíamos notando en pequeños detalles que nuestra hija no había logrado expulsar totalmente de su recuerdo a Vicente. A ratos se mostraba ausente, o vertía una lágrima errada, o el pugnaz sentimiento con el que cantaba una canción delataba, a través de la modulación de su voz, la herida del alma.

Pasaron así diez años. Cuando nadie lo esperaba, Vicente escribió un correo electrónico a Rosario en el que, después de una corta introducción de circunstancias, le pedía que se viesen. Rondarían ambos los cuarenta años. Yo había superado los sesenta y cinco.

Rosario no contestó. A lo largo de tantas horas de llanto, había concentrado y reconcentrado hacia él tal rabia en su estómago, que es donde toman asiento los sentimientos más enconados, e ideado con precisión cartesiana su reacción futura, en el improbable caso de que alguna vez Vicente quisiera volver, que por nada del mundo iba a permitirse sucumbir a una cita de su antiguo amor, si antes no lo aplastaba como a veces había aplastado en primavera cientos de orugas que, descolgadas de los pinares, poblaban en una impúdica procesión los caminos.

Situados detrás de los visillos, lo vimos muchas veces enfrente de nuestra casa, tanteando el terreno, y acababa por marcharse, sin atreverse a tocar el timbre. Escribió nuevos correos, a veces hasta veinte en un día, sin que Rosario se dignase contestarlos.

Habíamos formado un frente común los tres, Edelmira, Rosario y yo, y todas las tardes juzgábamos las últimas novedades y, sin decirlo expresamente, nos reconfortaba la idea de poder herirlo, por devolverle siquiera un poco del dolor que antes nos había causado él.

Habían pasado varios meses desde el correo de arrepentimiento, cuando se vieron de repente en un paso de peatones de San Eugenio de la Torre, una mañana en la que Rosario había ido a la capital del Mosero a renovar su carnet de conducir. Rosario alzó exageradamente la cabeza mirando al frente cuando Vicente la llamó con vehemencia, y continuó andando a buen paso en esa posición erguida, desatendiendo todos los requerimientos de su antiguo compañero. Algunos viandantes detuvieron su paseo, sorprendidos por los gritos de llamada de Vicente, pero Rosario continuó impertérrita caminando, e incluso alargando y acelerando sus pasos, hasta que Vicente desistió de su persecución infructuosa.

Esa tarde, cuando Rosario nos expuso lo sucedido en San Eugenio, brillaron los ojos de los tres miembros de la familia. El tiempo de la humillación había dado paso al de la venganza. Por si fuera poco, Rosario parecía haber resucitado. De vez en cuando se la oía cantar arias festivas. Había recuperado también su antiguo carácter impredecible, dando gritos de alegría sin razón aparente, riendo a veces alocadamente y mostrando todo el día una sonrisa abierta. Ni siquiera deseaba saber los pormenores de lo que había llevado a Vicente a buscar de nuevo el encuentro tras un período tan largo de ausencia. Le bastaba verlo a su alrededor implorando lo que él le había negado sin mediar una sola palabra. ¿Cómo fiarse, cómo perdonar a un hombre que había sido capaz de traicionarla sin ninguna justificación?

Habría transcurrido un año desde el intento de vuelta, cuando un día fue a mí a quien llamó Vicente por teléfono. Me dijo que, aunque apenas nos habíamos tratado hasta entonces, tenía necesidad de comentarme "un asunto de vital importancia". Adopté el registro más adecuado para tratar con quien había martirizado a mi hija y le respondí con altanería que no tenía nada que hablar con él. Entonces Vicente no dudó en humillarse pidiendo perdón a Rosario, a mí y a mi esposa "por lo mucho que les he hecho sufrir".

—Pero le ruego —añadió— que me permita hablar con usted, porque quiero dejar claras unas cuantas cosas.

Ignoro si obré bien o mal, pero en ese momento no pude evitar pensar que no podía negarle la conversación que me solicitaba, so pena de dar al traste con algo que formaba parte sustancial de los valores que había ido asentando en mi conciencia a lo largo de sesenta y seis años: no negar jamás la palabra a otro ser humano, por perverso que me hubiera parecido.

—Venga mañana a las diez –le dije—. Dispondré de algunos instantes para usted.

Al día siguiente lo vimos vagar por los alrededores de la casa desde las nueve y media. Unos minutos antes de las diez, tocó el timbre. Edelmira y Rosario se quedaron en la cocina, con la puerta entreabierta. Le hice pasar a mi despacho. Yo me senté delante de la mesa; él se mantuvo de pie, al otro lado, sin que yo le invitara a sentarse. Y comenzó a hablar:

—No tengo palabras para disculparme. Como le dije ayer por teléfono, lo primero que deseo es pedir perdón a Rosario, por mi imperdonable comportamiento con ella.

—Cierto —intervine yo—. Como dice usted muy bien, su proceder fue imperdonable, y ni su madre ni Rosario ni yo lo olvidaremos fácilmente.

Estaba decidido a no hacerle fácil el encuentro, herido todavía por el dolor de Rosario. No le miré nunca de frente, mientras duró la entrevista, sino que hundí mi mirada en la mesa, para que no pudiera adivinar en mis ojos la menor compasión.

—De todas las maneras —prosiguió él—, ayer le dije por teléfono que deseaba comentarle un asunto de importancia trascendental. Pues bien, lo digo una vez más, es cierto que actué como un rufián con su hija, pero la he querido siempre…

—Estoy dispuesto a corroborar —intervine de nuevo— que su conducta dejó mucho que desear, en efecto.

—Mucho que desear, sí —concedió él—. No sé qué me pasó. Lo cierto es que, desde que se marchó de mi casa Rosario, no he conocido más que días aciagos, y precisamente porque me daba cuenta de lo mal que me había comportado con ella…

—No puedo sino darle la razón. Eso nos pareció a nosotros.

—Bien —asintió de nuevo Vicente—, me porté muy mal. Pero quisiera decirle…

—Rosario no está en casa —mentí.

Y me levanté de la silla, sin dejar de mirar a la mesa.

—De todas maneras, le ruego que no vuelva a molestarme más a mí. Este es un asunto que tiene que tratarlo con mi hija, si ella se aviene a hacerlo —concluí.

Pero Rosario no estaba por la labor. No obstante, parecía haberse abierto un portillo por donde una nueva luz asomaba a su vida, porque de hecho había renacido a ratos su vieja alegría inmoderada y ya no ofrecía esos largos lapsos apesadumbrados de hacía un tiempo.

Vicente llamaba todos los días por teléfono y obtenía siempre la misma respuesta, tanto si respondía Edelmira como si lo hacía yo: "No está". Y colgábamos. De vez en cuando aparecía por los alrededores de la casa y consumía un buen rato, a veces horas, pasando y repasando el mismo camino, a la espera, suponíamos, de que Rosario saliese de casa, para poder así abordarla. Yo observaba el rostro de mi hija, las pocas ocasiones en que ella se asomaba a verlo, detrás de los visillos. Apretaba los dientes, tensaba las mejillas y endurecía la mirada, al mismo tiempo, adivinaba yo, que cerraba su corazón a la menor brizna de compasión. El más pequeño detalle de misericordia me hubiese parecido excesivo, al recordar el largo sufrimiento de mi hija durante tantos años.

Una tarde, tras aparcar mi coche, que había tomado para ir a San Eugenio, no recuerdo por qué motivo, oí el sonido de otra puerta de coche que se cerraba tan cerca de donde yo estaba que no pude evitar mirar hacia allí. Era Vicente, quien rápidamente se acercó a mí.

Me confesó que había estado merodeando por la casa, escondido en un portal y, habiéndome visto montarme en el coche, me había seguido en el suyo hasta San Eugenio. Me dedicó con adulación zalamera una lisonja en la que no quise reparar siquiera. Comenzó a hablarme de nuevo de su amor por Rosario. Parados los dos al lado de la acera, le recordé cómo había visto el cuerpo de Rosario envuelto en el ropaje de la cama, mientras daba en ella vueltas y vueltas, retorcida de amargura. Le hablé poniendo mi mirada en cualquier cosa, antes que mirarle de frente y que adivinara en mis ojos un hilo de comprensión. Y me marché sin despedirme siquiera.

Otro día logró abordar a mi mujer. La había visto salir de casa, llevando una bolsa grande, sin duda para trasportar la compra. La siguió de lejos sin dejarse ver por ella y esperó a que saliera de la tienda.

—¡Buenas tardes! —saludó.

Edelmira lo miró de arriba abajo y le dijo estas palabras que le salieron del alma:

—Eres el tío más desagradable y estúpido que he visto nunca. Mi hija debía de estar ciega.

Edelmira me lo contó a mí, pero omitió siempre relatarlo a nuestra hija.

En adelante, viendo, creo yo, que jamás eran atendidas sus llamadas telefónicas y que no conseguía enlazar con Rosario a través de sus padres, comenzó a disparar una batería interminable de correos electrónicos al correo de Rosario, que, en esencia, constituían variaciones en torno a dos temas medulares, el perdón y la amargura de la separación.

Durante algún tiempo Rosario nos enseñó los mensajes de Vicente, pero llegó un momento en que cerró el grifo de las confidencias, sin darnos razón alguna.

La siguiente ocasión en que hablé con Vicente, tampoco yo referí la conversación a Rosario. Me encontré con él, quiero pensar que casualmente, en San Eugenio, al salir del Centro de Salud, al que había ido para una revisión oftalmológica. Me reconoció enseguida.

Comenzó de nuevo a exponer su *leit motif*:

—Les pido perdón por todo lo que les he hecho sufrir.

Me confesó que se había equivocado, que seguía queriendo a Rosario. Pero yo no respondí, sino que, sin mover un músculo, conmovido todavía por la cueva oscura en la que el amor traicionado había encerrado los ojos de Rosario y la amarilla palidez de su rostro, puse la mirada en mis manos entrelazadas y seguras, antes que mirarle de frente y que adivinara en mis ojos turbación. De modo que, tras decirle un adiós apagado, me separé de él pasando a la acera contraria.

Mi hija había dejado de compartir con nosotros todo lo relativo a Vicente. En algún momento expresé a Edelmira mi conjetura:

—Me da la impresión de que esta hija nuestra está planteándose una revisión de su estado con Vicente. No sé por qué me lo estoy oliendo.

—Cuando tú corres, yo vuelo. Hace mucho tiempo que yo pienso eso —contestó—. Después de todo lo que le ha hecho…

Edelmira y yo desconocíamos en qué estado se hallaban las relaciones de Rosario con Vicente, si había contestado a alguno de sus correos o si habían tomado algún acuerdo, y no le preguntábamos por ello, por respeto a su intimidad y también por temor a emitir juicios que pudieran influir en un asunto que era de su entera incumbencia.

Todavía mantuve un encuentro más con Vicente y nunca he sabido si fue buscado por su parte. También tuvo lugar en San Eugenio de la Torre. Había ido una mañana a la capital, a fin de pasar de nuevo una consulta rutinaria en el Centro de Salud, y me disponía a buscar mi coche aparcado en los alrededores, cuando vi a mi lado a Vicente, que había cogido mi paso y estaba situado a mi izquierda.

Sin palabras de introducción, me preguntó directamente si mi hija le seguía queriendo. Quise clavarle en su apenado corazón el negro rejón de la mentira pero, olvidando mi dolor y el de Rosario, recordando la pasión arrebatada de mi hija y esos antiguos rencores indultados que todos tenemos en nuestro pasado, dejé de poner la mirada en cualquier cosa y la posé de frente en sus ojos para que abrigara, a través de los míos, en los de Rosario, al menos la esperanza de una hebra de perdón.

www.ingramcontent.com/pod-product-compliance
Lightning Source LLC
Chambersburg PA
CBHW071152260626
47162CB00003B/1021